Jenny Oldfield
Die Ranch in den Bergen
Freiheit für Lady
Band 5

Weitere lieferbare Bände der Serie
»Die Ranch in den Bergen«:

Allein unter Wildpferden (Band 1)
Rettung für Rodeo Rocky (Band 2)
Pferdediebe! (Band 3)
Was wird aus John-Boy? (Band 4)
Lucky in Gefahr (Band 6)

Jenny Oldfield

Die Ranch in den Bergen

Freiheit für Lady

Aus dem Englischen
von Birgit van der Avoort

C. Bertelsmann

Ich danke Bob, Karen und Katie Foster
und den Mitarbeitern und Gästen
der Lost Valley Ranch in Deckers, Colorado.

Umwelthinweis:
Dieses Buch wurde auf chlorfrei gebleichtem
Papier gedruckt. Die Einschrumpffolie
(zum Schutz vor Verschmutzung)
besteht aus umweltschonender und
recyclingfähiger PE-Folie.

Gesetzt nach den Regeln der Rechtschreibreform

1. Auflage 2000
© 1999 für den Text Jenny Oldfield

© 2000 für die deutschsprachige Ausgabe
C. Bertelsmann Jugendbuch Verlag, München
in der Verlagsgruppe Bertelsmann GmbH
Alle deutschsprachigen Rechte vorbehalten
Die englische Originalausgabe erschien 1999
unter dem Titel »Horses of Half Moon Ranch: Midnight Lady«
bei Hodder Children's Books, a division of Hodder Headline plc, London
Übersetzung: Birgit van der Avoort
Lektorat: Birgit Gehring
Umschlagbild: Atelier Langenfass
Umschlagkonzeption: Klaus Renner
St · Herstellung: Peter Papenbrok
Satz: Uhl+Massopust, Aalen
Druck: GGP Media, Pößneck
ISBN 3-570-12494-0
Printed in Germany

1

»… Mit Copper Bottom und Steel Dust hat alles angefangen«, schwärmte Hadley, als er den Pferdetransporter rückwärts vom Parkplatz der Auktionshalle von San Luis setzte.

»Hm? Klar, ich weiß genau, wovon du redest!«, sagte Lisa Goodman ironisch und sah Kirsten Scott mit hochgezogenen Augenbrauen an. Der rückwärts fahrende Transporter wirbelte eine Wolke Staub auf und feiner Sand wehte den Mädchen in die Augen. Es war später Nachmittag und die gleißende Sonne sank langsam am wolkenlosen blauen Himmel.

»Zwei Zuchthengste«, fuhr Hadley, der erste Cowboy der Regenbogen-Ranch, fort und reihte sich mit dem Fahrzeug in die Schlange an der Parkplatzausfahrt Richtung Bundesstraße 27 ein. »Copper Bottom und Steel Dust waren in den Dreißigerjahren die Stammväter einer ganz besonderen Pferderasse.«

»Was ist denn so Besonderes an ihnen?« Kirsten hörte die drei jungen Pferde, die sie gerade eben gekauft hatten, im metallenen Transporter ungeduldig mit den Hufen aufstampfen. Sie wedelte sich mit dem Programmheft der Auktion Luft zu und zog den Schirm ihrer Baseballkappe tiefer, um ihre Augen vor der Sonne zu schützen.

»Sie sind leicht zu halten, trittsicher, klein, schnell.« Mit kurzen, knappen Worten beschrieb Hadley die Vorzüge der Pferderasse, die von den Ranchern im Westen der USA eingesetzt wurde. »Ziemlich schnell sogar. Früher legte man einem dieser Kerle einen Sattel von der Größe einer Briefmarke auf den Rücken, brachte ihn auf die Sprintstrecke rund um die Rodeoarena und schon schoss er wie eine Rakete aus der Startbox.«

Kirsten grinste Lisa an. Wenn man Hadley auf sein Lieblingsthema brachte, war er nicht mehr zu bremsen. Der sonst so schweigsame Cowboy konnte dann stundenlang erzählen. »Nennt man sie deshalb nicht Quarter Horses?«, fragte sie, während das große Fahrzeug langsam auf die Straße fuhr.

»Sicher.« Er setzte den Blinker nach links und folgte den Schildern »Minesville 13 Kilometer«, »Renegade 5 Kilometer«. »Diese Rennen waren nie länger als eine Viertelmeile, also etwa 400 Meter, und weil im Englischen das Viertel ›quarter‹ heißt, nannte man die Pferderasse Quarter Horse. Das Quarter Horse holte während des gesamten Sprints keinen Atem. Erst über der Ziellinie wurde es langsamer und merkte, dass es außer Atem war. Doch auf diesen kurzen Spurts war dieses Tier unschlagbar. Eben ein Pferd für Kurzstrecken. Und das alles haben wir Copper Bottom und Steel Dust zu verdanken.«

»Hmm.« Lisa war beeindruckt. Sie lehnte sich im Beifahrersitz gemütlich zurück, als sie die schmale, lang gezogene Straße nach Renegade entlangfuhren. »Die drei Pferde, die wir eben für Donna Rose gekauft haben, Strolch, Mondlicht und Lady, sind das alles Quarter Horses?«

Strolch, der dreijährige schwarz-weiße Schecke. Der Fliegenschimmel mit dem ungewöhnlichen Namen Mondlicht, dessen Haarkleid mit kleinen braunen Tupfen übersät war. Und der langgliedrige Apfelschimmel Lady.

Kirsten sah sie in Gedanken vor sich; wie nervös sie in der Auktionsarena gewesen waren, ihre aufgerichteten Köpfe, die Ohren, die hin- und herzuckten bei dem ungewohnten Lärm und dem geschäftigen Treiben um sie herum.

Sie erinnerte sich an das helle Wiehern des Schwarzschecken, als Hadley ihn die Rampe des Transporters hinaufgeführt hatte, und an Mondlicht, der nur widerstrebend seinem beherzteren Anführer gefolgt war. Und dann schließlich die Mühe, die sie beim Verladen von Lady gehabt hatten. Die Stute hatte sich der dunklen Box widersetzt und Kirsten hatte noch den Widerhall ihrer Hufe in den Ohren, die auf die metallene Rampe schlugen. Sie hatte sich gesträubt und am Halfterstrick gezerrt, bis Hadley seine Strategie geändert und dem hungrigen Pferd eine Hand voll Heu angeboten hatte, um es in den Anhänger zu locken.

»Ich denke, der gesprenkelte Schimmel ist ein typisches Quarter Horse und der Schecke ein so genanntes Paint Horse«, beantwortete Hadley Lisas Frage. »In dem Augenblick, als ich die zwei sah, wusste ich, Donna würde sie haben wollen. Ihre kräftige Hinterhand und die tief heruntergezogene Brust machen die beiden zu vortrefflichen Ranchpferden.«

»Und was ist mit Lady?« In Kirstens Augen schien der Apfelschimmel anders zu sein. Nicht so gedrungen und stämmig, sondern größer, schlanker. Eben eine richtige Dame.

Hadley bog von der Hauptstraße rechts ab in die flache Ebene, fort von den Moskitobergen, wo er Kirstens Mutter Sandy Scott bei der Betreuung der vielen Feriengäste half, die jedes Jahr auf die Regenbogen-Ranch kamen. Am

Ende des kerzengeraden, schmalen Weges lag die Rose-Ranch, die Rinderfarm von Donna Rose.

»Die Schimmelstute ist ein Pferd höherer Abstammung, eine Kreuzung zwischen einem Mustang und einem Quarter Horse. Lady ist ein Zuchtpferd, aber sie hat keine Papiere, um ihre Abstammung zu beweisen, wenn ihr versteht, worauf ich hinauswill.«

»Sie ist wunderschön«, hauchte Kirsten und rief sich die langen Beine der Stute, den langen, gewölben Hals und ihre hochmütige Kopfhaltung ins Gedächtnis.

»Sonnenklar, dass du das sagen würdest!«, machte sich Lisa über die allseits bekannte Zuneigung ihrer Freundin zu jedem einzelnen Pferd auf der Welt lustig. »Wollen wir bloß hoffen, dass Donna auch so denkt«, sagte sie und erinnerte die anderen daran, wie schwierig es gewesen war, das dritte Pferd in den Anhänger zu locken.

Weiter hinten am Weg tauchte das einsam liegende Farmhaus auf. Von einem grünen Meer aus im Wind rauschendem und schimmerndem Präriegras umschlossen, sah das Haus wie ein still liegendes Holzboot aus. Als sie näher kamen, erkannten sie das rote Ziegeldach, die Holzwände, die vorstehende Veranda – und Donna Rose, die in der Tür stand, um sie zu begrüßen.

»Hallo! Wie geht's euch?«, rief ihnen Donna mit einem breiten, strahlenden Lächeln entgegen. Ihr Haar war von blonden Strähnchen durchzogen, ihre türkisfarbenen Ohrringe hingen fast bis auf die breiten Schultern ihrer Jeansjacke herab. Sie trug ein weißes Hemd und eine große Silberschnalle an ihrem breiten, braunen Ledergürtel.

»Tag, Ma'am.« Hadley stieg aus dem Fahrerhaus und stopfte seine Lederhandschuhe in den Hosenbund seiner abgetragenen Jeans. Er lief zur Rückseite des Transporters, um die Tür zu entriegeln und die Rampe herunterzulassen.

»Hallo!«, grüßte Kirsten die Besitzerin der Ranch und lächelte schüchtern, während Lisa sich an ihr vorbeidrängelte und Hadley folgte.

»Habt ihr mir ein paar ordentliche Pferde gekauft?«, wollte die adrette Frau mittleren Alters wissen und stieg in ihren schicken, kunstvoll gearbeiteten, braun-beigen Stiefeln von der Veranda herab.

»Das wollen wir hoffen!« Lisas Lächeln war genauso strahlend wie das von Donna. »Hadley hat zumindest einen sehr niedrigen Preis herausgeschlagen.«

»Deshalb habe ich auch ihn gebeten, mir den Gefallen zu tun«, fuhr Donna mit samtiger, einnehmender Stimme fort. Sie trat zur Seite, stemmte die Hände in die Hüften und ignorierte den Staub und die Ableger der Steppenläuferpflanze, die der Wind in kleinen Kugeln über den Hof vor dem Farmhaus rollte. Hinter ihr auf der Veranda hing ein riesiges Bündel Chilis zum Trocknen in der Sonne. Ein knorriges Hirschgeweih thronte seitlich der Tür; wahrscheinlich eine Trophäe einer lange zurückliegenden Jagdsaison. »Hadley und ich, wir kennen uns schon seit langer Zeit. Ich weiß, wie gut er es versteht zu handeln.«

Der alte Cowboy senkte seinen Kopf und Kirsten hätte schwören können, dass er unter seinem breitkrempigen, dunklen Cowboyhut und seiner wettergegerbten, gebräunten Haut errötete. Um seine Verlegenheit zu verbergen, begann er mit dem Ausladen der Pferde, während Donna munter weiterredete.

Und sie kam gerade erst richtig in Fahrt.

»Wenn ich sage seit langer Zeit, dann meine ich damit,

dass wir zusammen zur Schule gingen«, erklärte sie der immer noch grinsenden Lisa.

Kirsten zog erstaunt die Augenbrauen hoch und musste zweimal hingucken. Donna Rose hatte eine glatte Haut und sah jung aus, Hadleys Gesicht dagegen war faltig und wirkte müde. Ganz bestimmt war sie einige Jahre jünger als er! Doch vielleicht lag es auch an dem sorgsam frisierten Haar und dem glänzenden rosa Lippenstift.

»Natürlich ist Hadley viel älter als ich!«, fuhr Donna fort, als könne sie Kirstens Gedanken lesen. Ihre Stimme hatte einen leicht neckenden Tonfall. »Und wenn er der Gentleman wäre, für den ich ihn hielt, dann hätte er jetzt nicht gezögert und euch das selbst erzählt!«

Schkk ... schkk! Die schweren Riegel glitten zurück und Hadley ließ die Rampe herab. Im Transporter stampften und polterten die drei Pferde herum.

»Er war in der zehnten Klasse, als ich an die Schule in San Luis kam. Damals hieß ich noch Donna Ward. Wir unschuldigen jungen Mädchen bewunderten ihn alle, denn er war so groß und gut aussehend!«

»Oh Mann!« Lisa kicherte. Hadley und gut aussehend?

Ohne ihnen Beachtung zu schenken, stapfte Hadley über die metallene Rampe in den Transporter, band das erste Pferd los und führte es nach draußen. »Ho, mein Junge, ruhig!«

Kirsten beobachtete Strolch, der die Rampe hinuntertänzelte. Der Schecke trat mit erhobenem Kopf und starrem Blick in die tief stehende Sonne. Die geblähten Nüstern und die angespannten Backenmuskeln waren sichere Anzeichen dafür, dass ihm die Fahrt nicht behagt hatte.

Doch Hadley hielt ihn fest am kurzen Strick und sprach

ihm aufmunternd zu. »Komm schon, Strolch, du bist ein braver Junge. Du brauchst vor nichts Angst zu haben.«

»Was halten Sie von ihm?«, platzte es aus Kirsten heraus, als Donna Rose aufhörte zu reden und ihre Aufmerksamkeit vom Cowboy auf das schöne Pferd lenkte. Im Hintergrund bemerkte Kirsten einen jungen Mann, der aus dem Stall gegenüber vom Hof kam und langsam auf sie zulief.

»Sehr hübsch!«, lobte die Besitzerin der Ranch. »Ich mag Paint Horses. Es sind meine Lieblingspferde.«

»Werden Sie ihn zum Trennen oder zum Fangen nehmen?«, wollte Kirsten wissen.

»Wo ist der Unterschied?«, fragte Lisa dazwischen, als Donna über ihre Antwort nachdachte.

»Ein Pferd zum Trennen setzt man ein, wenn im Frühjahr und Herbst die Rinder von der Herde abgesondert werden, die gebrannt und vom Arzt behandelt werden müssen«, erklärte Kirsten ihrer Freundin leise. »Das Pferd ist darauf trainiert, auch ohne Zügelhilfen zu reagieren und ganz genau auf deine Stimme zu hören, mit der du ihm die Befehle gibst. So ein Pferd muss ganz schön Köpfchen haben.«

»Nun, dann nehme ich an, dass die anderen Pferde zum Zusammentreiben und Einfangen mit dem Lasso gebraucht werden«, vollendete Lisa die Erklärung. »Mensch, was ich nicht alles bei euch lerne!« Sie zog ihre dunklen Augenbrauen hoch und in den Winkeln ihres vollen Mundes lag ein ironisches Grinsen.

»Du hast gefragt!«, konterte Kirsten. In der Zwischenzeit war der Unbekannte aus dem Stall zu ihrer kleinen Gruppe getreten. Er war groß und schlank, hatte ein schmales, glatt rasiertes Gesicht und eine ziemlich große, knochige Nase. Sein knallrotes Hemd mit den silbernen Knöpfen war auffällig bestickt und er trug teuere, nagelneue lederne Beinkleider, so genannte Chaps, über seinen engen Jeans. Anstatt Hallo zu sagen und sich am Gespräch zu beteiligen, stand er etwas abseits und vermied es, sie anzusehen, indem er seine ganze Aufmerksamkeit auf die drei neuen Pferde richtete.

»Trennen oder Fangen?« Donna wandte sich Rat suchend an den jungen Neuankömmling.

Der Mann betrachtete Strolch eingehend, dann zuckte er mit den Schultern. »Ich denke mal Fangen. Er hat eine sehr muskulöse Hinterhand, um sich abstützen zu können und das Gewicht einer sechshundert Kilo schweren Kuh am anderen Ende des Stricks zu halten.«

»Und Mondlicht?«, drängte Lisa, als Hadley zum Transporter zurückging und den etwas scheuen Wallach die Rampe hinunterführte. Das Pferd benahm sich mustergültig, blickte sich nach Strolch um und folgte Hadley anstandslos.

»Trennen«, kam die kurze Antwort.

»Das bedeutet, TJ kann den Schecken reiten und Mondlicht überlassen wir Jesse«, entschied Donna mit einem zufriedenen Nicken. »Dann bekommen Sie das dritte Pferd zum Zureiten, Leon!«

Ungeduldig warteten sie, während Hadley den Fliegenschimmel neben Strolch in der Einfriedung aus dicken, in den Boden gerammten Kiefernpfählen festmachte und dann zum Transporter lief, um das letzte Pferd zu holen. Alle waren gespannt, bis auf Leon, den launischen jungen Mann, der hinter Donnas Rücken ein missmutiges Gesicht zog.

»Die hier habe ich am liebsten«, sagte Kirsten zu Donna.

»Hadley hat sie ausgesucht, weil sie eine Zuchtstute ist, zur Hälfte Mustang und zur Hälfte Quarter Horse …«, wiederholte Kirsten langatmig Hadleys Ausführungen und sah, wie Lisa mit ihren Augen rollte und übertrieben gelangweilt gähnte. Kirsten revanchierte sich bei ihr mit einem kurzen Stoß in die Rippen.

»Hört sich an, als hätte sie viel Temperament.« Donnas blendendes Lächeln verblasste, als der Transporter nun bebte, rumpelte und schaukelte. Hadley hatte Probleme, Lady zur Rampe zu locken.

»Ich habe Ihnen gleich gesagt, Sie sollen mich nach San Luis fahren und mein Pferd selbst kaufen lassen«, brummte Leon.

»Sie mögen hier zwar der Verwalter sein, Leon, aber ich vertraue darauf, dass Hadley immer die richtige Wahl trifft«, wies Donna ihn zurecht, dann lächelte sie wieder zu ihrem alten Freund hinüber. Alle Augen waren nun auf die Rückseite des Pferdetransporters gerichtet und die Spannung stieg. »Seitdem mein Mann Don vor drei Jahren starb, war Hadley wie ein wahrer Engel zu mir!«

Hadley, ein Engel? Kirsten merkte, wie Lisa diesmal ihre Augen verdrehte, bis fast nur noch das Weiße zu sehen war. Und ihr entging auch nicht, dass Leons finsterer Blick nach Donnas zurechtweisender Bemerkung noch missmutiger geworden war. Doch sie hatte keine Zeit darüber nachzudenken, als das Drama um das widerspenstige, halb wilde Pferd seinen Lauf nahm.

»Kirsten, hol ein Bund Heu und stell dich so hin, dass die Stute es sieht!«, rief Hadley ihr aus dem Inneren des Transporters zu.

Kirsten reagierte sofort, deutete zum Stall, und als Donna ihr zunickte, rannte sie los. Sie packte ein Bund aus dem Heunetz an der Eingangstür, lief, so schnell sie konnte, wieder zurück und stellte sich mit ausgestreckten Armen unten an die Rampe.

Im Transporter gebärdete sich Lady wie wild. Sie schnaubte, stampfte mit den Beinen und beäugte die Rampe, als sei es eine tückische Falle, die in dem Moment zusammenbräche, wenn sie einen Huf darauf setzte. Hadley war der Hauptfeind, der sie in die Falle locken wollte, und Kirsten beabsichtigte sie in Versuchung zu führen; ja selbst der Himmel sah aus, als falle er gleich auf sie, wenn sie sich weiter nach vorn wagte.

»Ruhig!«, schmeichelte Hadley und redete Lady mit seiner tiefen, brummenden Stimme gut zu. »Ganz sachte, mein Mädchen. Keiner wird dir etwas tun!« Er hatte behutsam die Spannung vom Halfterstrick genommen und wartete geduldig, dass die Stute sich beruhigte. »Lass dir Zeit; komm raus, wenn du es möchtest. Kirsten da unten hat ein großes, leckeres Bund Heu zum Knabbern für dich, wenn du so weit bist.«

Kirsten lächelte und nickte. »Stimmt. Du bist hier auf einer großen Ranch: dein neues Zuhause. Es wird dir hier nichts Schlimmes zustoßen.«

Lady hörte auf zu schnauben und zu treten und lauschte Kirstens Worten. Ihre gespitzten Ohren fingen das Geräusch des Windes ein, der durch das hohe Gras rauschte, und die ansonsten unendliche Stille.

»Ruhig«, murmelte Kirsten. Sie sah, wie die junge Stute zum letzten Mal ihren Kopf schüttelte und noch einmal mit ihrem seidigen weißen Schweif schlug. Ihre Nüstern nahmen den Geruch des süßen Heus auf, sie neigte ihren Kopf, streckte den Hals und schob sich vorwärts.

Kirsten hielt ihre Hand ganz ruhig. Schritt für Schritt

kam Lady vorsichtig aus dem Transporter, ihre Hufe klapperten stockend die Rampe hinunter, Hadley ging neben ihr. Die Strahlen der tief stehenden goldenen Sonne fielen auf ihre schlanken Flanken, ihre wohl proportionierte Hinterhand, ihre zierliche, athletische Statur.

Schließlich knabberte sie das Heu aus Kirstens Hand, ihr samtiges Maul spitzte sich nach den gelben Halmen und ihre Zähne zermalmten das Futter und knirschten dabei leise. Kirsten ging behutsam ein paar Schritte zurück und lockte das Pferd von dem Transporter weg. Sie blickte hinüber zu Donna, Lisa und Leon und lächelte kurz. *Seht ihr! Alles in Ordnung. Man braucht nur ein bisschen Geduld.*

»Zauberhaft!« Donna trat nach vorne, um ihre letzte Neuerwerbung zu begutachten. »Das ist wirklich eine edle Stute, die du mir da ausgesucht hast, Hadley!«

Bevor sie jedoch Gelegenheit hatte, Lady genauer zu betrachten, rief Leon, ihr mürrischer Verwalter, zum Stall hinüber: »Jesse, TJ, kommt her! Schnell! Bringt Decken mit und zusätzliche Stricke!«

Beim Klang seiner barschen Stimme hob die Schimmelstute den Kopf und zerrte am Halfterstrick.

Zwei Männer kamen angerannt. Der eine war mittelgroß mit glatt zurückgekämmtem blondem Haar. Der andere war pausbäckig, unrasiert und hatte kurz geschnittenes schwarzes Haar. Beide waren etwa 20 Jahre alt; sie trugen aufgerollte Stricke und viereckige Stücke dicken Segeltuchs.

Beunruhigt vom plötzlichen Stimmungswechsel, wandte sich Kirsten fragend an Hadley, der größte Mühe hatte, die verschreckte Lady zu halten. »Wofür sind diese Decken?«

»Später!«, antwortete Hadley mit zusammengebissenen Zähnen. »Im Moment habe ich alle Hände voll zu tun!«

Lady brach seitlich aus, drängte von den unbekannten Männern weg und zog Hadley mit sich. Sie rollte mit den Augen, als sie gegen den nahen Zaun taumelte, dann schoss sie nach vorn.

»Passt auf, das ist ein schwieriger Fall!«, brüllte Leon. »Ein echter Dickkopf!«

»He! Moment mal!«, protestierte Hadley, als Lady sich aufbäumte. Ihre Hufe sausten bedrohlich nahe an seinem Kopf vorbei, als sie wieder auf den Boden donnerten. Doch er ließ den Halfterstrick nicht locker.

Leon beachtete Hadley nicht. »TJ, wirf einen Strick um ihren Hals!«, befahl er dem pausbäckigen Cowboy. Grob folgte TJ seinem Befehl, wartete, bis das Pferd in eine Ecke gerannt war, warf ihm ein Lasso über den Kopf und stemmte sich dann kräftig gegen den Strick, um die Schlinge zusammenzuziehen.

Lady wieherte gellend und versuchte sich aufzubäumen.

»Das ist doch überhaupt nicht nötig!«, flehte Kirsten die Besitzerin der Ranch an. »Wir hatten sie so weit, uns zu akzeptieren!«

Doch nun war es zu spät. Panisch trat die Stute um sich, während TJ mit aller Kraft am Strick zog.

»Bringt sie in die Einfriedung zu den beiden anderen!«, schrie Leon. Mit großen Schritten lief er zum Gatter und befahl Jesse, das viereckige Segeltuch über die Hinterhand des Pferdes zu werfen. Der Cowboy brachte das Segeltuch auf Ladys Kruppe und Hinterbacken zum Liegen und die Stute stürzte erschrocken nach vorn. Hadley konnte den Strick nicht mehr halten und musste grimmig mit ansehen, wie die zwei jungen Cowboys die Arbeit übernahmen, das Pferd in die Einfriedung zu bringen. Ganz langsam, mit viel Tritten und Geschrei, gelang es ihnen, die Stute durch das Gatter zu bugsieren.

»Gute Arbeit!«, rief Leon, als er das Gatter hinter dem Pferd zuschlug.

Schwitzend und außer Atem gratulierten TJ und Jesse sich gegenseitig mit einem Handschlag.

Stirnrunzelnd sah Kirsten zu. Sie hörte Lisa erleichtert leise aufseufzen. Von Donnas sorgfältig zurechtgemachtem Gesicht hingegen war jedes Lächeln verschwunden.

»Wir scheinen uns mit dem Zureiten dieses Pferdes ein Problem eingehandelt zu haben!«, bemerkte sie leise, als Hadley über den Hof auf sie zulief.

»Nur nichts überstürzen«, riet er ihr. »Sie kommt an einen Punkt, wo sie für dich arbeiten will, und dann wirst du keinerlei Schwierigkeiten mit ihr haben.«

Mit einem zustimmenden Nicken rannte Kirsten los, um nachzusehen, dass Lady sich an den rauen Pfählen der Einfriedung nicht selbst verletzte. Sie stellte sich auf die untere Latte des Zauns und beobachtete, wie die Schimmelstute nervös mit angelegten Ohren und geblähten Nüstern durch das kleine Gehege trabte. Sie suchte einen Weg ins Freie, wechselte die Richtung, drehte sich im Kreis und wölbte voller Angst ihren Rücken.

»Komm schon, Kirsten!«, rief Lisa. »Es wird Zeit zu fahren.«

Kirsten blickte über ihre Schulter und sah Hadley in das Führerhaus des Pferdetransporters klettern. Sie hörte, dass er den Motor startete und offensichtlich Eile hatte loszufahren. »Es tut mir so Leid!«, flüsterte sie, als Lady sich zu ihr umdrehte, plötzlich stehen blieb und dann in die andere Richtung davonstürzte. »Das haben wir wirklich nicht gewollt.«

Das Pferd bäumte sich auf und schlug wieder auf den Boden, trat gegen den stabilen Zaun und rannte dann weiter.

»Kirsten!«, rief Lisa erneut.

»Es wird alles gut; du wirst sehen«, versprach Kirsten der verstörten Stute. »Du brauchst ein oder zwei Tage, um dich einzugewöhnen. Wir versuchen dich am Wochenende zu besuchen!«

»Wir fahren gleich ohne dich ab!«, warnte Lisa und stieg zu Hadley ins Führerhaus.

Ein allerletzter Blick. Lady blieb kurz stehen, warf ihren Kopf zurück und wieherte. Ihre weiße Mähne flatterte um ihren Hals, als sie sich umdrehte ... weitertrabte und abrupt im Staub stoppte, einen Bogen schlug ... und vergeblich versuchte, vor den lauten Stimmen und den groben Stricken ihrer ungeduldigen neuen Besitzer davonzulaufen.

2

Anfang Juli herrschte Hochsaison auf der Regenbogen-Ranch und Kirstens Sorge um Lady wurde schnell von der alltäglichen Arbeit beiseite gedrängt. Sie begleitete die Feriengäste auf ihren Ausritten und half darauf zu achten, dass keiner der Gäste vom Pferd fiel oder auf den mit Kiefern bewachsenen Hängen der Moskitoberge verloren ging.

»Du glaubst nicht, was heute passiert ist!«, berichtete sie Lisa am Telefon. Drei Tage waren seit ihrem Besuch auf der Rose-Ranch vergangen und die zwei Freundinnen hatten sich seitdem nicht mehr gesehen. »Heute ist doch Sonntag. Also der Tag, an dem wir den ersten Ausritt mit den Anfängern zum Moskitopfad machen. Da sitzt doch dieser Typ auf Stormy und du weißt ja, wie lieb und ruhig dieses Pferd ist. Nun, der Kerl hat vorher noch nie im Sattel gesessen. Es ist für ihn das erste Mal. Charlie führt die Gruppe Reiter an und er sagt ihnen, sie sollen immer schön langsam am Fluss entlangreiten. Doch dieser coole Typ am Ende der Reihe glaubt, sich vor den anderen zwei Männern aus seinem Büro in New Jersey als Cowboy aufspielen zu müssen.

Er hört also nicht auf Charlie und treibt Stormy in den Trab. Stormy geht ab wie eine Rakete, der Kerl wird wild hin und her geschüttelt und er muss sich am Sattelhorn festklammern, um nicht vom Pferd zu fallen. Stormy denkt sich: ›Diesem Blödmann werde ich's zeigen!‹, und galoppiert von der Gruppe weg genau auf den Fluss zu. Wasser spritzt auf und trifft diesen Typen genau ins Gesicht. Der fängt an zu schreien, kippt rückwärts aus dem Sattel und rollt mitten in den Fluss!«

»Wahnsinn!« Lisa lachte und hatte ihren Spaß an der Szene. »Was hat Stormy dann gemacht?«

»Er hat angehalten und tat, als könne er kein Wässerchen trüben. Seinen Kopf hielt er schief, so als wolle er sagen: ›He, was ist denn nun passiert? Ist das etwa meine Schuld?‹ Tja, und der Typ stand bis zur Hüfte im Fluss, das Wasser lief von seiner Hutkrempe, sein Gesicht hinunter, überallhin. Es schwappte sogar bei jedem Schritt aus seinen Stiefeln, als er das Ufer hinaufkletterte! Seine Arbeitskollegen krümmten sich vor Lachen. Charlie sagte gar nichts, doch unser nasser Möchtegerncowboy musste zurück zur Ranch laufen, um sich umzuziehen, während wir anderen den Ausritt fortsetzten.«

»Und Stormy hatte den Morgen frei!«, kicherte Lisa. »Ein cleveres Pferd. Wo wir gerade von ›freihaben‹ sprechen, Kirsten, warum kommst du heute Nachmittag nicht in die Stadt und schaust in unserem Lokal vorbei? Es ist schon Ewigkeiten her, seitdem du das letzte Mal bei mir warst.«

»Klingt gut. Ich hörte Matt sagen, er habe vor, in die Stadt zu fahren. Dann könnte er mich vielleicht mitnehmen.« Kirstens älterer Bruder Matt fuhr nach Denver, um später seine Freundin zu besuchen, und er konnte Kirsten problemlos in San Luis absetzen, wo Lisas Mutter Bonnie das Lokal »Endstation« betrieb. »Vielleicht klappt es sogar, ihn zu überreden, uns bis Renegade mitzunehmen, dann könnten wir bei den drei Pferden vorbeischauen, die wir für die Rose-Ranch gekauft haben.«

»Was ist das denn, ein schlechtes Gewissen?«, scherzte Lisa.

»Nein, ich dachte nur, es wäre schön zu sehen, wie es ihnen so geht…« Kirsten verstummte. »Ja, wahrscheinlich ein schlechtes Gewissen«, gab sie zu. »Ich habe irgendwie das Gefühl, wir haben Lady im Stich gelassen, als wir sie bei Donna ablieferten. Sie soll wissen, dass es uns nicht egal ist, was mit ihr passiert.«

»Geht mir genauso«, stimmte Lisa zu. Sie bat Kirsten, die Hinfahrt zur Ranch mit Matt zu regeln, während sie sich darum kümmern wollte, dass ihre Mutter sie von dort später wieder abholte. »Wir sehen uns um halb drei!«, beendete sie munter und fröhlich das Telefonat. »Und Kirsten, versuch einfach, dir nicht zu viele Gedanken zu machen. Du wirst sehen, Lady geht es prächtig!«

»Frag doch Lisa, ob sie nicht Lust hat, heute Abend mit zur Regenbogen-Ranch zu kommen!«, rief Sandy Scott von der Veranda des Farmhauses herüber. »Sag ihr, sie kann, wenn sie will, ein paar Tage bei uns bleiben.«

»Danke, Mom!« Kirsten lächelte ihr zu und winkte, als sie sich auf den Beifahrersitz von Matts altem, hellblauem Chevy plumpsen ließ. Die Einladung bedeutete, dass sie und Lisa zusammen ausreiten konnten, abseits der von den Gästen platt getrampelten Pfade. Sie konnten ihren Palomino Lucky nehmen und Matts Pferd Cadillac für Lisa und zu einsam gelegenen Plätzen wie dem Edensee oder dem Bärenjägerpass reiten, vielleicht sogar querfeldein über schattige Lichtungen hinauf über die Schneegrenze zur Adlerspitze.

Sie sah schon das Bild vor sich – die rauschenden Berge, die schmalen Pässe –, während Matt langsam vom Hof und auf der kurvenreichen Schotterstraße zur Bundesstraße 5 fuhr. Der Wagen ratterte über den Weg und rumpelte durch ausgetrocknete, breite Furchen, die durch die Wassermassen entstanden waren, die während einer Frühjahrsüberschwemmung die Straße überspült hatten. Kirsten lehnte sich in ihrem Sitz zurück, als sie in eine Linkskurve fuhren, die nah an nacktem rot-braunem Felsgestein entlangführte.

»Was um alles ...« Matt trat auf die Bremse.

Ein cremefarbener Pritschenwagen kam ihnen entgegengerast und fuhr weit über der Straßenmitte auf ihrer Seite. Eine Staubwolke zog hinter ihm her.

»Er wird nicht anhalten!«, schrie Kirsten, stützte ihre Hände am Armaturenbrett ab und merkte, wie ihr Fahrzeug mit quietschenden Reifen zur Seite schwenkte.

Der Fahrer des Pritschenwagens sah sie, aber es war zu spät. Er trat so fest auf seine Bremsen, dass er die Kontrolle über sein Fahrzeug verlor und auf sie zurutschte und schlitterte, bis die zwei Wagen krachend und quietschend zum Stehen kamen. Der Pritschenwagen war vorne auf sie aufgefahren, das Splittern von Glas und das Schrammen von Metall hatte man weithin hören können.

»Bist du okay?« Matt drehte sich zu Kirsten, bevor er die Tür öffnete.

Sie nickte. »Prima. Alles in Ordnung.« Von Matts Auto konnte man das allerdings nicht gerade behaupten. Dampf stieg aus der Motorhaube und die Windschutzscheibe war in tausend winzige Stücke zersplittert.

»Wenn das Chuck Perry ist, bringe ich ihn um!« Matt schien den Pritschenwagen erkannt zu haben. »Der Kerl fährt wie ein Wahnsinniger. Ich habe ihm schon x-mal gesagt, er soll es auf dieser Strecke langsam angehen lassen!«

Matt stieg aus dem demolierten Wagen und ging mit großen Schritten auf den anderen Fahrer zu, um ihn zur Rede zu stellen.

Chuck Perry war der Schmied aus Minesville, der einmal im Monat zum Beschlagen der Pferde auf die Regenbogen-Ranch kam. Matt hatte Recht, Chuck war ein rücksichtsloser Fahrer, wie die vielen Beulen an seinen häufig wechselnden Pritschenwagen bewiesen. Und Kirsten sah auch, dass Matt mit seiner Vermutung richtig lag, als der andere Fahrer aus seinem Wagen stieg und sie die kleine, gedrungene, schnurrbärtige Gestalt des Hufschmieds erkannte.

»Na, wo brennt's denn?«, wollte Matt wissen und stand mit den Händen in die Hüften gestemmt da.

»Es brennt nirgendwo. Ich muss nur ein Dutzend Pferde beschlagen und an drei verschiedenen Orten gleichzeitig sein«, schnauzte Chuck zurück, drehte sich um und betrachtete bestürzt seinen eingedellten Kühler und den kaputten Kotflügel. »Erst muss ich zu euch und dann noch vor Sonnenuntergang hinüber zur Rose-Ranch. Mensch, sieh dir bloß an, was passiert ist!«

»Meine Pläne hat das auch ganz schön über den Haufen geworfen«, machte Matt ihn aufmerksam, aber sein Ärger war bereits am Verrauchen, nachdem er den ersten Schock überwunden hatte. Sollte er angenommen haben, Chuck würde sich entschuldigen, so hatte er sich schwer getäuscht.

Stattdessen bekam der kräftige, muskulöse Schmied einen Wutanfall.

»Wie soll ich bloß meine Arbeit machen?«, wollte er wissen und zeigte auf die tragbare Schmiede und die Kiste mit Werkzeug hinten auf der Ladefläche. »Wenn ich die

Pferde nicht beschlage, verdiene ich kein Geld. Und ich habe noch offene Rechnungen bis hier.« Er streckte die Hand über seinen Kopf, um Kirsten und Matt zu zeigen, dass er haushoch verschuldet war.

»Ist schon gut.« Matt dachte bereits im Interesse des Schmiedes und war anscheinend bereit zu vergessen, wer Schuld an dem Unfall trug. Kirsten fand dies mehr als großzügig von ihm, vor allem angesichts dessen, wie sauer sie war, weil sie nun nicht rechtzeitig bei Lisa sein konnte. Dabei war es nicht einmal ihr Auto, das zu Schrott gefahren worden war. »Was meinst du, sollen wir zur Ranch zurücklaufen und Hadley bitten das Auto abzuschleppen?«, schlug Matt nun vor. »Auf diese Weise kannst du deine Sachen zur Ranch schaffen und unsere Pferde beschlagen.«

Chuck Perry murrte und seufzte durch seinen Schnurrbart und stimmte schließlich zu. Nach einer halben Stunde hatten sie mit Hadleys Hilfe die Straßenkurve geräumt und der Hufschmied war vor dem Stall mitten bei der Arbeit.

Auch Kirsten hatte ihre Pläne geändert. »Hadley sagt, er werde Chuck am späten Nachmittag zur Rose-Ranch bringen«, erzählte sie Lisa am Telefon. »Wenn Chuck hier fertig ist, muss er dorthin, um Mondlicht, Strolch und Lady zu beschlagen. Das kommt uns doch eigentlich sehr gelegen.«

»Stimmt.« Lisa war es egal, auf welche Weise sie zur Rose-Ranch kamen. Wie immer blieb sie ziemlich gelassen.

»Für Matt ist es natürlich nicht so toll gelaufen.« Kirsten konnte sehen, wie ihr Bruder deprimiert rittlings auf dem Zaun saß und über den leeren Corral blickte. Es war mittlerweile schon nach drei und er hatte Lachelle in Denver anrufen müssen, um ihr zu sagen, dass er nicht kommen konnte. »Seine Liebe steht unter keinem guten Stern«, sagte Kirsten zu Lisa.

»Wie bei dem guten, alten Romeo!«, lachte Lisa ohne großes Mitgefühl. Sie hatten beide das Drama gelesen und den Film gesehen und sofort säuselte Lisa los: »›Abschied ist solch süßer Schmerz!‹«

»Ja, genau. Außer bei Matt und Lachelle. Sie sind ja nicht einmal zusammengekommen!« Und Matt war auch kein Romeo, genauso wenig wie Lachelle eine Julia. Dafür war er zu sehr mit der Funktionsweise langweiliger Automotoren beschäftigt und sie zu sehr mit der neuesten Lippenstiftfarbe, auch wenn Kirsten das niemals laut äußern würde.

»Nun sehen wir Lady endlich wieder!«, jubelte Lisa. Sie hatte eine Tasche mit Kleidungsstücken und Reitzeug hinten auf Hadleys Pritschenwagen geworfen und nahm nun neben Kirsten Platz.

Es war fünf Uhr an einem langen, friedlichen Sonntagnachmittag. Lisas Mutter Bonnie hatte sich eine kurze Pause vom Kaffeeausschenken und Essenservieren genommen und war auf den Bürgersteig hinausgekommen, um ihre Tochter zu verabschieden und ein paar Worte mit Hadley zu wechseln, als der sich aus dem Fahrerfenster lehnte.

»Denk daran, Donna von mir zu grüßen!«, bat sie ihn. »Sie war neulich hier und lobte in den höchsten Tönen die drei Pferde, die du für sie gekauft hast. Wie dem auch sei. Wenn ich es nicht besser wüsste, würde ich sagen, Mrs. Rose ist ein klein wenig in dich verliebt, Hadley Crane!«

Hinten im Wagen, eingequetscht zwischen Chuck Perrys Schmiede und seiner Werkzeugkiste, kicherten Lisa und Kirsten sich halb tot.

»Sie ließ nichts auf dich kommen!«, beharrte Bonnie Goodman, kostete die Situation weidlich aus und amüsierte sich über den errötenden Cowboy. »Leon Franks stand neben ihr und brummte irgendwas, dass eines der Pferde bösartig sei, aber Donna wies ihn gleich scharf zurecht…«

»Wann genau war das?«, unterbrach Kirsten die Mutter ihrer Freundin. Mit einem Mal wurde sie wieder ernst, als sie das Wort »bösartig« aufschnappte.

»Lasst mich nachdenken… es war am Freitag.« Bonnie fuhr sich mit der Hand durch die dunklen Locken, während Hadley den Blinker setzte, um auf die Hauptstraße auszuscheren. Zuerst ließ er aber noch einen Wagen einparken, genau vor dem »Wahrer Westen«, dem Souvenirladen von San Luis, wo man handgemachte lederne Zigarrenkästchen, maßgeschneiderte Cowboyhüte und antike Planwagenlampen kaufen konnte. »He, was ist los?« Lisas Mom bemerkte den plötzlichen Stimmungswechsel.

»Nichts!«, beschwichtigte Lisa ihre Mutter. »Wir sehen uns dann in ein paar Tagen.«

Sie fuhren auf die Hauptstraße, vorbei an der Tankstelle und dem Supermarkt. Chuck Perry saß steif neben Hadley, sein Gesicht zeigte nicht den Anflug eines Lächelns. Und der alte Cowboy selbst musste sich immer noch von Bonnies weit hergeholter Theorie über ihn und Donna Rose erholen.

»Wann hat Donna ihren Mann verloren?«, fragte Lisa ihre Freundin und genoss den Wind in den Haaren, als der Wagen schneller wurde.

»Sie hat ihn nicht *verloren*«, entgegnete Kirsten. »Bei dir klingt das, als sei er ein alter Socken in der Waschmaschine. Er ist gestorben und Donna ist seit dreieinhalb Jahren Witwe. Hadley hingegen hat nie eine Frau gehabt. Glaub mir, er ist nicht der Typ zum Heiraten!«

Das Lächeln, das Donna Rose dem Hufschmied Chuck Perry zuwarf, als er endlich bei ihr eintraf, um die drei neuen Pferde zu beschlagen, war nur ein blasser Schatten verglichen mit dem Strahlen, das sie Hadley schenkte, während er sich in die Verandaschaukel setzte.

»Ich hätte gern, dass Sie auch meine fünf anderen Pferde kontrollieren, wenn Sie schon mal hier sind«, sagte sie zu dem Hufschmied. »TJ und Jesse haben sie gerade von der Weide geholt, damit Sie sich die Tiere anschauen können. Sie müssten jede Minute im Stall sein.«

Chuck brummte vor sich hin und nickte.

»Was ist denn in den Schmied gefahren? Er benimmt sich wie ein Bär mit Kopfschmerzen.« Donnas Ohrringe baumelten hin und her und spiegelten das Licht, als sie über Chucks Einsilbigkeit lachte.

»Sein Haupttransportmittel muss sich einer größeren Operation unterziehen«, berichtete Kirsten. »Ernsthafter Kollateralschaden.«

»Sein Wagen hatte einen Unfall«, übersetzte Lisa. »Er hat ihn zu Schrott gefahren.«

»Wie geht es Strolch und Mondlicht?« Rasch wechselte Kirsten das Thema und brachte das Gespräch auf das, was sie am meisten interessierte, als sie Leon Franks zu Pferd erblickte. Der Ranchverwalter tat, als sähe er die Gäste nicht, während er eine schwarz-weiße Kuh und ein Kalb in die große Einfriedung trieb.

»Die zwei machen sich großartig«, versicherte ihr Donna. »Leon hat mit ihnen gearbeitet. Er hat ihnen heute Morgen zum ersten Mal einen Sattel aufgelegt. Und alle beide haben nur ein einziges Mal gebuckelt. Ich kann euch sagen, wenn es darum geht, Pferde gefügig zu machen und zuzureiten, ist Leon der richtige Mann!«

Kirsten hörte ihr zu und nickte. »Das ist schön«, sagte sie vorsichtig und wandte sich dann an Hadley. Das Wort »gefügig machen« störte sie irgendwie. »Ist das keine gute Nachricht?«

»Sicher, wenn man sie auf die sanfte Art zähmt«, antwortete er. »Wenn diese Pferde aus freiem Willen und ohne Angst arbeiten, dann hat Leon wirklich gute Arbeit geleistet, sie so schnell an den Sattel zu gewöhnen.«

»Wie kann man das unterscheiden?«, kam die Frage von Lisa.

»Ja, du bist der Fachmann!«, sagte Donna fröhlich. »Komm schon, Hadley, sei gnädig und lass uns an deiner langjährigen Erfahrung teilhaben!«

Hadley blickte unter seiner Hutkrempe hervor. »Ein Pferd, das man ohne Gewalt zugeritten hat, verhält sich, als sei es dein bester Kamerad. Es reagiert auf Freundlichkeit. Macht man es mit Gewalt gefügig, spürst du in all seinen Bewegungen die Angst. Das Pferd wird sein ganzes Leben lang glauben, dass man ihm mit Stricken und Peitschen wehtun werde, und meist hat es Recht damit, denn der Reiter wird ihm immer wieder Schmerzen zufügen, sobald es aus der Reihe tanzt. Eben das verraten dann seine Augen: der sklavische Blick, die brennende Feindseligkeit.«

»Das gilt natürlich auch für eine Stute«, sagte Kirsten leise. Doch die Stimmung war inzwischen so weit umgeschlagen, dass sie sich nun nicht traute, nach Lady zu fragen.

Zudem hatte Donna Rose mit ihrer guten Laune gar nicht richtig verstanden, auf was Kirsten hinauswollte. »Als ich euren Wagen den Weg hinaufkommen sah, habe ich Jesse und TJ gebeten, Mondlicht und Strolch für eine kurze Demonstration unserer Fortschritte zu satteln«, verkündete sie stolz ihren Gästen. »Sie müssten gleich so weit sein. Würdet ihr mit mir durch den Stall zum Corral kommen?«

Lisa und Kirsten nickten, versuchten ihr Unbehagen zu unterdrücken und folgten der Besitzerin der Ranch.

»Komm schon, du auch!« Donna wartete am Stalltor auf einen sichtbar noch unwilligeren Hadley.

Langsam kam er über den Hof und blieb auf ein paar Worte bei Chuck Perry in der Nähe des Stalls stehen, wo Funken vom Amboss flogen, als der Schmied das Eisen für eines von Donnas Pferden in die richtige Form und Größe hämmerte. Als Hadley schließlich zu Lisa, Kirsten und Donna in den Corral trat, waren Jesse und TJ bereit für die Kurzvorführung.

Strolch kam als Erster, vor Mondlicht, in den Corral. TJ führte ihn selbstsicher durch ein anderes Stalltor hinein. Strolchs Kopf war aufgerichtet, in seinen Augen lag ein starrer Blick. Kirsten bemerkte eine deutliche Narbe auf seiner Blesse, die an seinem Nasenrücken entlanglief, und eine Stelle mit knallgelbem Desinfektionsmittel vorne an einer seiner weißen Fesseln. Doch Strolch stand still, während TJ die Gurtstrippen kontrollierte und sich anschickte aufzusitzen.

Mondlicht benahm sich nicht anders, als er von Jesse in den Corral geführt wurde. Der Fliegenschimmel schien angespannt, seinen Schweifansatz hatte er fest gegen seine Hinterbacken gepresst, sein Rücken war unter dem ungewohnten Gewicht des Sattels leicht gewölbt. Doch er widersetzte sich nicht, als der Reiter in seine weiße Mähne griff und sich grob daran hochzog.

»Hmm«, war alles, was Hadley sagte, als die beiden jungen Cowboys schwer in die Sättel der Pferde plumpsten.

Es war nur ein Brummen, doch genug für Kirsten. Hadleys »Hmm« sagte alles. Für einen Augenblick schloss sie ihre Augen und holte tief Luft.

»Seht nur, wie fromm die beiden sind!«, freute sich Donna Rose.

Jesse und TJ gaben Mondlicht und Strolch einen festen Stoß mit den Sporen und trieben die jungen Pferde vorwärts. Die Wallache spürten das kalte Metallgebiss über ihren Zungen, als sich die Zügel plötzlich strafften. Ihre Köpfe flogen zurück und sie rollten mit den Augen. Doch beide gehorchten dem Befehl weiterzulaufen.

»*Zu* fromm!«, murmelte Lisa leise.

Tränen stiegen Kirsten in die Augen, während sie Zeugin dieser Szene wurde, und sie versuchte sich vorzustellen, was es alles an Stricken, Decken, Peitschen, Sporen, Beinfesseln und Schlägen auf Kopf und Rumpf gebraucht hatte, um den Willen dieser beiden Pferde zu brechen. Sie hatte von den brutalen Methoden gelesen, die manche Leute einsetzten, um ein Pferd gefügig zu machen.

»Leon hat gute Arbeit geleistet, meint ihr nicht auch?«, schwärmte die Besitzerin der Ranch gedankenlos. Ihr schien die gelungene Vorführung Beweis genug zu sein. Immerhin saßen Reiter auf dem Rücken der Wallache und die Tiere zeigten keine Spur von Widerstand. »Bis zum

Spaß, Spannung, Spiele!

Langeweile?
Kennen wir nicht!!!

> *Besucht die Volksbücherei St. Georg!*

Bücher, Kassetten, Spiele, CD´s!

Öffnungs-Zeiten:

Mo	14:00	- 18:00
Mi	14:00	- 18:00
Fr	16:00	- 18:00
Sa	16:00	- 18:00
So	10:00	- 12:00

Ausleihe:
4 Wochen kostenlos!!

Zusammentrieb der Rinder im Herbst haben wir die beiden so weit, sie einsetzen zu können.«

Mit einiger Anstrengung zwang Kirsten ihre Stimme, die Frage auszusprechen, die ihr schon seit der Ankunft auf der Rose-Ranch auf der Zunge lag. Sie warf einen Blick zurück zum Stall und hinaus auf die leere Weide hinter dem Corral. Beim Dröhnen der Hammerschläge auf den Amboss und beim Anblick der beiden Pferde vor ihr, die man mit Gewalt gefügig gemacht hatte, nahm sie schließlich allen Mut zusammen und fragte: »Was ist mit Lady?«

Funken schossen durch ihren Kopf, die Hammerschläge trafen ihr Herz, während sie auf Donna Roses Antwort wartete.

3

»Lady, das ist eine ganz andere Geschichte«, gestand Donna. »Wir nehmen an, sie war die Leitstute der Gruppe, in der sie aufgewachsen ist.«

»Was wollen Sie damit sagen?«, fragte Lisa.

Mit pochendem Herzen wandte Kirsten sich vom Corral ab, suchte mit ihren Augen den Stall nach einem Hinweis auf den Apfelschimmel ab und achtete kaum mehr auf Donnas Antwort.

»Ich meine, sie ist nicht so einfach zu zähmen wie Mondlicht und Strolch.«

»Weil sie einen stärkeren eigenen Willen besitzt?«, setzte Lisa ihr zu.

Donna ließ ein unechtes Lachen hören. »Das könnte man so sagen. Leon würde sie sogar als hinterhältig und stur bezeichnen.«

Das Pferd war nirgends zu sehen. Kirsten lief an den leeren Boxen entlang und stand plötzlich Leon Franks gegenüber. Mit einem scharfen Messer in der Hand, gerade damit beschäftigt, einen Ballen Heu aufzuschneiden, blickte er von seiner Arbeit hoch. Der verärgerte Ausdruck in seinem kantigen Gesicht und das kalte Schimmern in seinen grauen Augen ließen Kirsten zurückweichen.

»Kirsten, wenn du Leon da drinnen siehst, würdest du ihm bitte ausrichten, dass ich ihn sprechen möchte!«, drang Donna Roses Stimme von draußen zu ihnen herein.

»Habe Sie schon verstanden!«, rief der Ranchverwalter zurück, schob Kirsten zur Seite und steckte das Messer in seinen Gürtel. Mit großen Schritten lief er durch den Stall, ohne sie noch eines Blickes zu würdigen.

»Hallo, Leon. Erzählen Sie meinen Gästen doch bitte, wie wir das Problem mit Lady in den Griff bekommen«, redete Donna weiter. »Erklären Sie ihnen Ihre Methode, das Pferd zu zähmen. Wie nennen Sie es doch gleich wieder ... einsacken?«

Dieses Wort versetzte Kirsten einen neuerlichen Schock und sie spürte, wie ihr immer unbehaglicher zu Mute wurde. Sie blieb im dunklen Stall und wollte Leons Antwort gar nicht hören.

»Das ist vielleicht ein Wildpferd, das Sie da gekauft haben«, sagte er gekünstelt scherzhaft zu Hadley. »Eine gut aussehende Stute, da gebe ich Ihnen Recht. Aber ein gefährliches Luder.«

»Wieso brauchen Sie Säcke?«, überging Hadley den fröhlichen Ton des Verwalters. Seine Frage war knapp und misstrauisch.

Kirsten zögerte noch immer und schaute sich nach der Stute um. Durch den breiten Türrahmen konnte sie Jesse und TJ auf den gefügig gemachten Pferden Mondlicht und Strolch im Corral erkennen und die Gruppe Zuschauer, die über die Methode mit den Säcken diskutierte.

»Wir gebrauchen Decken, keine Säcke«, erklärte Leon. »Guten, schweren Stoff aus Segeltuch. Wenn wir nahe genug an dem Pferd dran sind, um ihm ein Halfter überzustreifen und es zu fesseln, kommen ein paar von uns und werfen den schweren Stoff über seinen Rücken und um seine Beine, damit es so kräftig wie möglich erschrickt. Das verletzt das Pferd nicht, es lässt das Pferd nur einen

Satz machen, es fragt sich, was es getroffen hat. Aber es ist ja gefesselt und kann nirgends hinrennen. Natürlich wehrt es sich und tritt. Aber schließlich versteht es, dass es keinen Zweck hat, dagegen anzukämpfen, und es genauso gut nachgeben kann.«

»So haben wir es bis jetzt gemacht«, erzählte Donna ihrem alten Bekannten Hadley. »Es dauert ein paar Tage, bis man die Stute so weit hat.«

»Um ihren Willen zu brechen?«, warf Lisa heftig ein.

Im Stall verzog Kirsten das Gesicht und fuhr mit ihrer Suche fort. Sie trat in einen dunklen Unterstand hinter den Heuvorräten und blieb wie angewurzelt stehen.

Vor sich sah sie ein Bett aus schmutzigem Stroh, einen Eimer Wasser und ein angebundenes Pferd, das sich abmühte auf die Beine zu kommen.

Allmählich gewöhnten sich ihre Augen an das Dämmerlicht. »Lady!«

Der Kopf des Pferdes taumelte von einer Seite zur anderen, seine Beine waren zu schwach, um sich hochzustemmen. Kraftlos sank es wieder zu Boden.

Kirsten drehte sich um und rannte los. »Kommt schnell!«, rief sie den anderen aufgeregt zu. »Ich habe sie gefunden. Irgendetwas stimmt nicht mit ihr!« Das helle Sonnenlicht blendete sie, als sie aus dem Stall stürzte.

»Kirsten, beruhige dich!« Lisa packte sie am Arm. »Wen hast du gefunden? Wovon redest du?«

»Lady! Sie ist schwer krank!« Nach Luft schnappend, riss sie sich los. »Rufen Sie den Tierarzt an, schnell!«

Leon schüttelte den Kopf. »Nicht nötig.«

»Was soll das heißen? Sie kann sich nicht einmal auf den Beinen halten. Wenn Sie mir nicht glauben, dann kommen Sie und überzeugen sich selbst!«, tobte Kirsten.

»Ich sagte, nicht nötig«, beharrte Leon. »Ich habe ihr nur eine kleine Spritze gegeben, das ist alles.«

Kirsten schüttelte ihren Kopf, als wolle sie ihre verwirrten Gedanken ordnen. Sie lief zurück in den Stall, drehte sich um und sah ihn an. »Was für eine Spritze?«

Leon zuckte mit den Achseln. »Ein Beruhigungsmittel, damit sie den Hufschmied an sich heranlässt.«

»Wie lange wirkt es?« Kirsten konnte das Bild der verzweifelten Lady, die ins Stroh zurückfiel, nicht aus ihrem Kopf bekommen.

»Nur ein paar Minuten. Chuck hat gerade genug Zeit, sie zu beschlagen, ohne mit Tritten bombardiert zu werden. Die Stute wird sich schnell wieder erholen.« Seine gelassene Art sollte den anderen zeigen, dass Kirsten sich völlig unnötig über etwas Selbstverständliches aufregte. Mit einem erneuten Achselzucken wandte er sich ab und ging, um nachzusehen, ob der Schmied mit der ruhig gestellten Stute beginnen konnte.

Nun, Leon Franks schien es nicht nur für in Ordnung zu halten, ein Pferd mit seinen primitiven Zureitmethoden zu Tode zu ängstigen, er hieß es auch gut, Lady in diesen benommenen Zustand zu versetzen! Kirsten durchbohrte Leon mit ihren Blicken, während er mit Chuck Perry sprach und in den Stall lief, um sicherzugehen, dass Lady so weit war.

»Schüttel nicht so mit dem Kopf«, sagte Donna zu Hadley. »Ich weiß, du denkst, Leons Arbeitsweise sei ein bisschen ... wie soll ich sagen ... direkt ...«

»... veraltet«, unterbrach Hadley seine alte Bekannte. »Als ich noch ein Kind war, hat man so mit Pferden gearbeitet, Säcke über sie geworfen, ihnen Fußfesseln angelegt, sie mit Angst mürbe gemacht. Ich dachte, diese Methode sei in den letzten Jahren ausgestorben, und deshalb ist es mir ein Rätsel, wo dieser Jungspund Leon das gelernt hat.«

»Drüben in Wyoming.« Donna dirigierte sie zur Seite, als ihr Verwalter eine teilnahmslose Lady auf den Hof führte.

Das Pferd stand noch immer stark unter dem Einfluss der Medikamente, war wackelig auf den Beinen und wusste kaum, was mit ihm geschah, als der ruppige, forsche Hufschmied neben ihm stand und nacheinander seine Beine hochhob. Er passte die Eisen an die Hufe des Pferdes an und blies noch einmal zusätzlich Gas in den Schmiedeherd, der an der Gasflasche angeschlossen war. Flammen stoben hervor und ließen Lady taumelnd zurückschrecken.

»In Wyoming hat Leon gearbeitet, bevor ich ihn zu Beginn des Jahres auf der Rose-Ranch angestellt habe«, griff Donna das Gespräch wieder auf. »Er wuchs mit Pferden auf, ist mit ihnen vertraut und lebte auf einer Ranch im Osten des Staates. Die Methode des Einsackens wird dort von Generation zu Generation weitergegeben und Leon meint, sie sei viel wirkungsvoller als dieses moderne Zeug mit Pferdeflüsterern und so weiter.« Sie zeigte zum Corral, wo TJ und Jesse von Strolch und Mondlicht stiegen. »Und den Beweis habt ihr dort direkt vor euren Augen!«

»A-aber!« Lisa verzog das Gesicht, während Chuck die glühend heißen Eisen an die Hufe der Schimmelstute schlug. Man roch das versengte Horn und hörte das kratzende Geräusch der Metallfeile.

»Psst!«, warnte Kirsten ihre Freundin. Auch ihr Kopf war voller großer ABER, doch sie hatte erkannt, dass sie die Besitzerin der Ranch nicht offen herausfordern durften. Donna Rose mochte zwar zerbrechlich und leicht zu beeinflussen wirken, aber Kirsten spürte, sie hatte auch eine harte Seite.

»Seht es doch einmal so«, sagte Donna zu ihnen. »Es ist ein Willenskampf. Mensch gegen Pferd. Und das Pferd besteht aus 600 Kilo Muskeln mit einem Gehirn von der Größe einer Dose Mais. Was macht man also? Sich Kilo um Kilo mit ihm messen? Keine Chance. Wie Leon sagt, man muss seine eigene geistige Überlegenheit nutzen, um dem Tier klarzumachen, dass sein Reiter der Boss ist. Es ist alles reine Taktik.«

»Hmm«, brummte Hadley erneut und schob seinen Hut zurück.

»Möchtest du, dass er es dir zeigt?« Donna wollte ihre Überzeugung nur allzu gern noch einmal in der Praxis unter Beweis stellen.

»Jetzt gleich?« Kirsten runzelte die Stirn.

»Gewiss. Leon hat vor Sonnenuntergang sowieso noch eine Stunde eingeplant. Warum seht ihr nicht zu, während der Schmied Mondlicht und Strolch beschlägt?«

Bevor sie auch nur widersprechen konnten, lief Donna los, um alles mit Leon zu regeln.

»Ich weiß nicht, ob ich das sehen will«, flüsterte Lisa in Kirstens Richtung, als der Ranchverwalter eine müde, frisch beschlagene Lady in den Corral brachte.

»Ich *weiß*, dass ich es nicht sehen will!«, zischte Kirsten zurück. Insgeheim betete sie, das Pferd möge Leon Franks' brutale Theorie widerlegen, indem es zurückschlug. Doch das würde unweigerlich Schmerzen zur Folge haben. Nun gut, dann musste sie hoffen, dass Lady sich unterordnete. Aber es würde so deprimierend sein zuzusehen, wie der Wille dieses schönen Tieres gebrochen wurde. *Konfrontation. Kampf. Gewinner und Verlierer.* In ihrem

Kopf drehte sich alles; sie schloss ganz fest ihre Augen und wünschte, diese Gedanken würden sich verflüchtigen.

Doch als sie die Augen wieder öffnete, stand Leon Franks mit Stricken und Decken im Corral. Lady war bereits an einem Pfahl angebunden, als Leon den Zipfel einer Decke an das Strickende knotete. Bei diesem Anblick schlug die Stute aus, bäumte sich auf und buckelte wie wild. Die Adern ihres Halses schwollen an, ihre Augen traten hervor.

Wusch! Leon warf die Decke über ihre Hinterhand. Mit einem klatschenden Schlag kam sie auf.

Lady drängte zur Seite, als hinge ihr Leben davon ab, der Decke zu entfliehen. Sie warf den Kopf hin und her, biss, trat und bockte.

Leon zog die Decke wieder weg, bückte sich, hob sie auf und warf sie dann erneut.

Wieder spielte das Pferd verrückt.

Lisa wandte sich ab, Hadley runzelte die Stirn, sagte aber nichts. Kirsten sah entsetzt zu.

»Nun müsst ihr mal beobachten, wie er ihr Hinterbein mit dem Lasso einfängt!«, machte Donna ihre Gäste aufmerksam. »Er zieht die Schlinge zu, hebt ihr Bein an und zieht das andere Ende des Stricks in einer zweiten Schlinge um ihren Hals. Seht ihr, jetzt hat er ihr die Fußfessel angelegt!«

Kirsten spürte, dass es ihr den Atem nahm, als sie sah, wie tapfer Lady kämpfte und wie bemitleidenswert sie sich auf ihren drei Beinen der Decke widersetzte, die erneut auf ihrer Hinterhand landete – sie hatte das Gefühl, die Schlinge ziehe sich um ihren eigenen Hals zu.

»Mein Gott, das tut ihr doch weh!«, protestierte Lisa.

»Nur ein bisschen.« Donna versicherte ihnen, das Pferd würde schnell lernen nachzugeben.

»An ihrem Hinterbein ist eine Wunde von dem Strick!«
Donna ignorierte die Einwände. »Seht nur, wie ihr der Kampfgeist ausgetrieben wird.«

Es stimmte; Ladys Tritte wurden schwächer. Die Fußfessel drückte heftig auf ihre Muskeln in Bein und Hals und ließ sie vor Schmerz laut wiehern.

Gib endlich nach!, flehte Kirsten stumm. Nur schlichte Unterwerfung konnte dieser Tortur ein Ende setzen. Irgendwann musste die geschundene Stute dies erkennen.

Fünf Minuten vergingen, dann zehn. Leon fuhr mit eiskalter Entschlossenheit fort, die Decke zu werfen und die Fußfessel anzuziehen.

»Gib nach!«, flüsterte Lisa laut.

Das Pferd neigte seinen Kopf, seine Flanken hoben und senkten sich vor Erschöpfung. Als die Decke erneut auf seinem Rücken landete, brachte es die Kraft nicht mehr auf, sie abzuschütteln.

»Okay, genug jetzt!«, entschied Donna schließlich. »Ende der Übungsstunde.«

Leon zeigte keinerlei Reaktion. Er sammelte nur die Stricke und Decken ein, löste die Fessel und ging davon. Lady blieb angebunden an dem Pfahl zurück. Sie zitterte jämmerlich in der Abendsonne.

»Unglaublich! Tierschinder!«, schrie Lisa.

Im Anschluss an die Vorführung mit den Decken und als Chuck mit seiner Arbeit fertig gewesen war, hatte Donna den Schmied und Hadley zum Kaffee ins Haus gebeten. Leon, TJ und Jesse waren nirgends zu sehen.

»Ich meine ... wirklich ... ich kann es einfach nicht fassen!« Zornig, geschockt, unfähig, Worte für das zu finden, was sie von Leons Methode hielt, lief Lisa im Corral auf und ab.

Kirsten konnte es kaum ertragen, Lady anzusehen.

»Dass sie ihr das antun und sie dann einfach so stehen lassen, es ist wirklich abscheulich!« Lisa trat gegen einen Pfosten, drehte sich um und kam mit großen Schritten zurück. »Warum hat Hadley nichts getan?«

»Es ist nicht sein Pferd«, antwortete Kirsten leise. Nichts in der Welt konnte trauriger sein, als der Anblick eines Tieres, dessen Willen gebrochen wurde. Es war, als erlosch sein Lebenslicht für immer.

»Trotzdem!« Lisas Augen funkelten.

»Donna hat hier das Sagen und die hält das für richtig.«

»Ja, ja, und seit wann bist du so supervernünftig? Ich dachte, du würdest genauso fühlen wie ich!«

»Das tue ich auch, glaub mir.« Langsam und vorsichtig bewegte sich Kirsten auf das erschöpfte Pferd zu. Ladys ganzer zitternder, schwitzender Körper signalisierte Abwehr: ihr herabhängender Kopf, ihre strähnige weiße Mähne, ihre matten Augen. »Weißt du, was das Schlimmste ist?«, flüsterte sie zu Lisa hinüber, während sie stehen blieb und ruhig das Pferd beobachtete. »Ich glaube, das ist alles meine Schuld!«

»Auf keinen Fall.« Mit einem Mal war Lisa nicht mehr verärgert. Sie starrte Kirsten an. »Du konntest doch nicht ahnen, dass so etwas passiert. Keiner konnte das.«

»Trotzdem fühle ich mich schlecht. So als wäre alles nie geschehen, wenn wir sie nicht für die Rose-Ranch ausgesucht hätten. Das bedeutet, wir haben sie irgendwie im Stich gelassen.«

»Aber das ist doch Unsinn!«

Kirsten blickte ihre Freundin mit dem Anflug eines Lächelns an. »Wie du schon sagtest, seit wann bin ich vernünftig, besonders wenn es um Pferde geht?« Als sie sich zu Lady umdrehte, bemerkte sie, dass die Stute ihren Kopf ein Stückchen hob und dem Klang der Stimmen zu lauschen schien. »Zu sagen, es tue einem Leid, macht wahrscheinlich keinen Unterschied«, wisperte sie sanft zu dem Pferd. »Doch es ist so, es tut mir wahnsinnig Leid.«

»Nun *weiß* ich mit Sicherheit, dass du verrückt bist! Ein verrücktes Mädchen, das zu einem Pferd spricht.«

»So gesehen hätte ich nichts dagegen, verrückt zu sein.« Lieber zu Pferden sprechen, als wie die Leute sein, die das Leben als ständigen Kampf um den stärkeren Willen betrachten. Lieber eine Hand ausstrecken, so wie sie es jetzt tat, und das Pferd an ihren Geruch und den Klang ihrer Stimme gewöhnen.

»Immer mit der Ruhe!«, sagte Lisa leise, als sie sah, wie nah Kirsten an das Pferd herangekommen war. »Pass auf, dass sie dich nicht beißt!«

»Du wirst mich nicht beißen, nicht wahr?« Kirsten kam noch näher und legte ihre Hand sanft auf Ladys Hals. Das helle Fell war feucht, ihre Muskeln zitterten noch immer. Doch Kirstens Berührung schien das Pferd zu beruhigen und es drehte seinen Kopf.

»Also wirklich, Kirsten, du musst vorsichtig sein.« Lisa war besorgt um die Sicherheit ihrer Freundin und riet ihr, ein paar Schritte zurückzugehen. »Das Pferd kann jeden Moment bösartig werden!«

»Nein, das wirst du nicht. Zeig Lisa, dass du nicht gefährlich bist, ganz egal, was sie auch sonst über dich sagen.« Langsam, im Zeitlupentempo, streichelte sie behutsam über den Hals des Pferdes, über seine Schulter und seinen Rücken.

Lady verlagerte ihr Gewicht. Ihre zitternden Muskeln begannen sich zu entspannen.

Sieh sie sanft an, lächele, zeig ihr, was es heißt, ihr Freund zu sein. Kirsten trat noch einen Schritt näher, massierte mit beiden Händen ihr Fell, tätschelte ihre Backe und streichelte über ihren Nasenrücken.

»He.« Lisas Stirnrunzeln schwand, in ihrer Stimme schwang Unglauben. »Ist das zu glauben; ihr zwei freundet euch an!«

Kirsten nickte. Ihre Worte, ihre Körpersprache hatten Lady überzeugt, dass sie ihr nicht wehtun wollte.

Die schöne Stute lehnte ihren Kopf gegen Kirstens Schulter und stupste sie an.

»Ja, ja.« Kirsten legte ihr Gesicht an den weichen, warmen Pferdehals. »Ich möchte, dass du weißt: Wir zwei, du und ich, stehen ganz bestimmt auf derselben Seite!«

4

Am richtigen Tag und in der richtigen Stimmung war die Regenbogen-Ranch der Himmel auf Erden.

Der aufgefächerte Horizont mit der Adlerspitze und den anderen in der Ferne aufragenden Bergen der nordamerikanischen Wasserscheide konnte alle trüben Gedanken fortwischen. Grüne Weiden waren übersät mit blauen Akelei, bewaldete Hänge spendeten den Calypsoorchideen Schatten und an den Ufern der klaren Bäche leuchteten goldene Sumpfdotterblumen.

An den zwei Ferientagen, die Lisa auf der Ranch verbrachte, standen die Mädchen bei Tagesanbruch auf, solange der Himmel noch eierschalenblau war, bevor die Sonnenstrahlen den Indianerfelsen erreichten. Ihre Finger waren noch ungelenk vom Schlaf und ihre Köpfe etwas trunken von der Wärme ihrer Betten, als sie an den Gurtschnallen herumfingerten, um Lucky und Cadillac zu satteln. Ihre Pferde stupsten sie sanft an, weil sie etwas von der besonderen Hafermischung aus der Futterkiste im Stall haben wollten, von der Kirsten ihnen zwei Hand voll holen würde. Eichelhäher ließen sich auf dem Zaun des Corrals nieder und hielten gierig nach heruntergefallenen Körnern Ausschau, um sich dann mit einem Schlag ihrer leuchtend blauen Flügel zu Boden zu stürzen und den Hafer aufzupicken.

Nachdem sie die Pferde aufgetrenst und den Sattelgurt angezogen hatten, ritten die Mädchen am Schlangenfluss entlang, vorbei an der asphaltierten Straße. Sie folgten dem Bärenjägerpfad durch den Kiefernwald hinauf zur Rotadlerhütte, von wo sie auf die Regenbogen-Ranch herabblicken konnten, die winzig klein unter ihnen lag. Es machte Spaß, die roten Dächer der Blockhütten zu erspähen, das taschentuchgroße Stück Rasen, den lang gestreckten Stall, die Sattelkammer und die Unterkunft, in der Hadley und Charlie schliefen.

Oder sie nahmen eine andere Route, ihren Lieblingsweg, den Moskitopfad, der sie durch einen schmalen Pass, genannt Kojotenenge, führte, wo Granitfelsen eine tiefe Schlucht bildeten, um sich dann zur Goldgräberschlucht zu öffnen, die von den nackten, grauen Felsen des Nordwindpasses überragt wurde.

Für welche Strecke sie sich auch entschieden, Lucky und Cadillac trugen die beiden Mädchen sicher auf ihren Rücken. Kein Weg war ihnen zum Klettern zu steil und kein Fluss strömte zu schnell, als dass sie ihn nicht durchqueren konnten. Kirstens Palomino ging voraus, während der stämmige Cadillac gemessenen Schrittes folgte. Wenn Lucky für eine Pause in der Mittagssonne anhielt und in der Kühle des roten Abendhimmels wieder nach Hause kam, schimmerte sein fast goldenes Fell wie Seide. Neben ihm ließ Cadillacs cremefarbenes Fell das Pferd gespenstisch und blass aussehen, wenn der Wallach ruhig durch die Schatten der vorstehenden Felsen und unter den dicken Ästen der dunklen Kiefern hindurchlief.

»Man kann sich nur schwer vorstellen, dass Cadillac jemals so war wie Lady!«, murmelte Lisa. Es war Dienstagabend und ihr Besuch auf der Ranch neigte sich dem Ende zu. Morgen musste sie wieder zurück in die Stadt.

»Wie das?« Kirsten schloss das Gatter zur Rotfuchsweide und lehnte sich über den Zaun, um zuzusehen, wie Lucky und Cadillac ihre Köpfe neigten und friedlich zu grasen anfingen. Sie dachte über Lisas Äußerung nach und ein leichtes Stirnrunzeln erschien auf ihrem Gesicht. Sie wollte nicht an die Szenen mit Donna Roses Pferd erinnert werden. Gerade jetzt wollte sie lieber an angenehme, schöne Dinge denken.

»Oder auch Lucky«, fuhr Lisa unbeirrt fort. »Ich meine, kannst du dir vorstellen, wie sie waren, als man noch nicht ihren Willen gebrochen hatte?«

»Ich hasse diesen Ausdruck!« Es nutzte nichts; sie hatte immer wieder die Bilder der buckelnden und auskeilenden Lady vor den Augen und sah die Stricke und Decken und Leon Franks' eiskalten Blick. »Brechen bedeutet schlagen. Ich hasse es!«

»He, das ist nicht meine Schuld; ich habe das nicht erfunden!« Lisa ging schnurstracks hinüber zum Farmhaus. Sie steckte ihre Hände in die Hosentaschen und lief mit eingezogenen Schultern davon. »Entschuldige, dass ich überhaupt atme!«

Kirsten seufzte und folgte ihr. »Tut mir Leid!«

»Vergiss es!«

»Nein, ehrlich, es tut mir Leid. Hör zu, Lisa, ich bekomme nur dieses schreckliche Gefühl im Magen, wenn ich an Lady denke. Als wir sie besser kennen gelernt hatten, bevor wir am Samstagabend die Rose-Ranch verließen, spürte ich, dass sie wirklich anfing uns zu vertrauen...«

»*Dir*!«, unterbrach Lisa ihre Freundin. »Nicht uns. Sie vertraute dir.«

»Das ist doch egal.« Kirsten lief mit gesenktem Kopf, tief in Gedanken versunken, weiter und kämpfte gegen das Gefühl von Hilflosigkeit an. »Es ist wirklich gemein, kein

Interesse mehr zu zeigen. Vielleicht sollten wir Donna anrufen und fragen, wie es Lady geht...« Das war zwar nicht viel, aber wenigstens etwas.

»Ja.« Lisa verlangsamte ihren Schritt. »Sag mal, wie komme ich morgen früh eigentlich nach San Luis?«

»Mit dem roten Pritschenwagen. Matt fährt nun endlich doch nach Denver, da kann er dich auf dem Weg zu Hause absetzen. Warum fragst du?«

Mit einem Fuß auf der Verandastufe und dem Blick zurück auf den golden-rosafarbenen Horizont schlug Lisa nervös vor: »Vielleicht könnten wir zusammen gehen. Wir sollten Matt einmal fragen, ob er uns bis zu Donnas Ranch mitnehmen würde, dann könnten wir unerwartet vorbeischauen.«

»Meinst du das im Ernst?«

»Warum nicht?«

»Ohne eingeladen zu sein?«

Lisa riss ihre Augen auf. »Genau. Niemand erwartet uns und sie können uns dann kein blödes Zeug erzählen, dass es Lady gut ginge und so weiter.«

»Wir sollen uns selbst davon überzeugen, wie es ihr geht?« Kirsten wollte es eigentlich nicht, aber sie gab nach. Sie glaubte die deprimierende Antwort auf ihre Fragen nach Lady bereits zu kennen, noch bevor sie dort waren. Und sie konnte sich nicht vorstellen, dass ein neuerlicher Besuch etwas ändern würde. Aber trotzdem...

Voller Ungeduld wartete Lisa auf eine Antwort.

»Okay«, sagte Kirsten schließlich. »Du hast gewonnen. Ich frage Matt.«

»Diesen Ort habe ich noch nie gemocht!«, bemerkte Matt, als er durch die heruntergekommene Hauptstraße von Renegade fuhr. Die weiße Farbe an den Holzhäusern war am Abblättern und alte Chevrolets ohne Reifen standen aufgebockt auf Ziegelsteinen in den Auffahrten. Vor der Gemischtwarenhandlung bettelte ein schmächtiger schwarzer Hund um Futter.

Die Stadt hatte eine Tankstelle, ein paar Kneipen und einen Schlachthof, auf den die Rinder vom örtlichen Masthof zum Schlachten gebracht wurden. Arnie Ashs Schlachthof war der eigentliche Grund für die Existenz dieses Städtchens. Im Frühjahr und im Herbst trieben die Farmer ihre Rinder zusammen, sonderten diejenigen ab, die geschlachtet werden sollten, und brachten sie zum Masthof auf dem großen Platz hinter der langen, schnurgeraden Reihe von Häusern. Nachdem man sie ein oder zwei Wochen gemästet hatte, gingen die Rinder auf ihre letzte kurze Reise in das Städtchen.

»Ich würde hier bestimmt nicht leben wollen«, brummte Lisa.

Keine Wälder, keine Berge. Kirsten starrte aus dem Wagenfenster auf wucherndes Unkraut auf dem Bürgersteig, um den Eingang zum Schlachthof und die großen Buchstaben auf dem Schild über dem Tor nicht sehen zu müssen. Eine rote Ampel zwang sie anzuhalten. Der Wind wehte altes Zeitungspapier vor ihnen über die Straße.

»Schildert mir doch einmal euren Plan«, bat Matt und trommelte mit seinen Fingern ungeduldig auf das Lenkrad. Mit seinen fast ein Meter neunzig Körpergröße schienen seine langen Beine und Arme regelrecht hinter dem Steuer eingequetscht zu sein und der Blick in seinen haselnussbraunen Augen sagte deutlich, dass er viel lieber ein paar Kilometer weiter wäre, um Lachelle bald zu sehen, anstatt in diesem hinterwäldlerischen Städtchen seine Zeit vor einer Ampel zu vergeuden.

»Du bringst uns zur Rose-Ranch und wir sagen Donna Rose hallo. Sie wird uns dann wahrscheinlich einen Kaffee anbieten. Du nimmst an und wir geben vor, lieber draußen herumlaufen zu wollen, und fragen, ob sie damit einverstanden ist.« Lisa hatte sich schon alles genau zurechtgelegt.

»Als freundliche Gastgeberin wird sie nichts dagegen haben«, erklärte Kirsten. »Du plauderst etwas mit ihr, während wir uns im Stall mal näher umschauen, um zu sehen, ob wir Lady entdecken.«

Die Ampel wurde grün und Matt trat aufs Gaspedal. Er wollte möglichst schnell zur Ranch kommen und die Sache hinter sich bringen. »Du willst also sagen, dass ich an einem Komplott beteiligt bin, eine wehrlose ältere Dame auszuspionieren!«

»Wehrlos – bestimmt *nicht*!«, schnaubte Lisa.

»Ausspionieren – ja!« Kirsten grinste. »Es dauert auch nur ein paar Minuten!«

Matt warf seiner Schwester von der Seite ein Lächeln zu und schüttelte zweifelnd seinen Kopf. »Spionieren… auf einem fremden Grundstück herumschleichen. Angenommen, es gefällt euch nicht, was ihr da seht. Was dann? Kidnappen wir dann das Pferd oder was?«

Kirsten sah ihn verständnislos an. *Ich und unbefugt irgendwo eindringen? Ich und kidnappen? Wie kannst du so was nur denken?*

Doch ihre vorgetäuschte Unschuld zog bei ihrem Bruder nicht. Als Matt nach links in Donna Roses lange, kerzengerade Auffahrt bog, wollte er eine ehrliche Antwort haben. »Also gut, Lisa, sei ehrlich, sag mir, auf was ich mich hier einlasse!«

»Kommt herein und trinkt einen Kaffee«, schlug Donna vor. Wenn sie überrascht war, den roten Dodge auf den Hof fahren zu sehen, dann zeigte sie es jedenfalls nicht.

Es war mitten am Morgen, unter der Woche. Die Tür zum Farmhaus stand offen; der Bund getrockneter Chilis, der auf der Veranda hing, bewegte sich im Wind, der unablässig über die offene Ebene wehte. Man konnte meinen, zwischen hier und Mexiko erstrecke sich ein riesiges Meer aus Gras.

»Ich trinke gern einen Kaffee mit.« Matt zwinkerte Kirsten zu, als er die Einladung annahm, warf die Wagentür zu und kam mit großen Schritten über den Hof.

Donna merkte, dass Kirsten und Lisa zurückblieben. »He, ich glaube, ihr zwei Mädels habt nicht den ganzen Weg gemacht, um Kaffee zu trinken«, sagte sie fröhlich. In ihren silbernen Ohrringen fing sich das Licht; die Absätze ihrer hellbraunen Lederstiefel klapperten auf den hölzernen Dielen.

»Äh… nein. Das heißt…«, stammelte Lisa und errötete.

»Wir wollten einfach nur mit Matts Wagen einen Ausflug machen…« Auch Kirsten fiel nichts Besseres ein.

Donnas Lächeln wurde breiter. »Lady ist in der Einfriedung!«

Mensch! Kirsten kaute auf ihrer Lippe und runzelte die Stirn. So war es nicht geplant. Sie hatten List und Tücke anwenden wollen, um das Pferd zu finden.

»Man braucht nicht Einstein zu sein, um auszuknobeln, dass ihr wegen Lady hergekommen seid.« Aufrichtig herzlich sprach Donna ihre Einladung aus. »Leon arbeitet gerade in der Einfriedung mit ihr. Geht ruhig hin und seht zu.«

»Kein Grund, euch Sorgen zu machen!«, murmelte Matt, als er an den Mädchen vorbeiging.

»Sei dir da nicht so sicher!«, zischte Kirsten zurück. Was Donna mit »arbeiten« meinte, war genau das, was ihr und Lisa schlaflose Nächte bereitete. Es wäre besser gewesen, sie hätten sich an ihren Plan halten und Lady in der Ecke des Stalls aufstöbern können. Das hätte ihnen die Möglichkeit gegeben, die Stute heimlich zu untersuchen, um zu sehen, wie es ihr ging.

»… sei ehrlich!«, hatte Matt verlangt.

»Wenn sie geschlagen wurde und wir sie verletzt vorfinden, benachrichtigen wir den Tierschutzbund«, hatte Lisa ihm erklärt. »Der erstattet Anzeige gegen Leon Franks wegen Tierquälerei und sucht ein neues Zuhause für Lady.«

»So einfach soll das gehen?« Er hatte mit dem Kopf geschüttelt, als sie sich der Rose-Ranch näherten.

»Warum nicht?« Kirsten erschien es ganz einfach. Es gab ein Gesetz gegen so etwas. Die Lage war eindeutig: Mann misshandelt Pferd. Dafür kommt er vor Gericht und für das Pferd gibt es ein Happy End …

Es war also eine Überraschung, dass Donna so offen und herzlich war. Doch die Frau lebte auf einem anderen Planeten, was den Umgang mit Pferden betraf. Wahrscheinlich hatte sie sich nie für die Arbeit auf der Ranch interessiert, als ihr Mann noch lebte. Nun, da er tot war, überließ sie ihrem Verwalter alle Entscheidungen.

»Hör mal! In der Einfriedung geht irgendetwas vor sich!« Lisa sprintete noch vor Kirsten los.

Schrilles Wiehern und das Geräusch einer knallenden Peitsche drangen herüber. Der grobe Zaun aus spitzen Kiefernpfählen war so hoch, dass die Mädchen nicht hinübersehen konnten, und sie mussten außen bis zum Gatter herumlaufen.

Das Erste, was Kirsten sah, war das knallrote Hemd von Leon Franks, der im Sattel auf einem der Fuchswallache der Rose-Ranch saß. Das Zweite war die Peitsche in seiner rechten Hand. Dann erblickte sie TJs untersetzte Gestalt, der eine Decke am Strickende schwang, und Jesse, der mit mehreren aufgewickelten Stricken daneben stand. Lady war mit einem kurzen Seil an einem Pfahl angebunden, der in den festen Boden geschlagen war. Ihr eines Vorderbein war mit einer Schlinge um ihren Hals gefesselt. Bei dem Anblick drehte sich Kirsten der Magen um und ihr wurde übel. Noch mehr Lektionen mit diesen Decken.

»Nicht schon wieder!« Lisas Stimme versagte. »Das kann doch nicht wahr sein!«

Durch den Staub, den die sich sträubende Schimmelstute aufwirbelte, konnte Kirsten grausame Narben an ihren Fesseln erkennen, dort, wo die Stricke die Haut aufgescheuert hatten. Die Wunden mussten von den zwei Tagen voller Qual herrühren, die sie hatte ertragen müssen, seit Kirsten und Lisa sie das letzte Mal gesehen hatten. »Dieses Pferd ist wirklich unglaublich!«, stieß Kirsten hervor. So viel Schmerzen und trotzdem kämpfte Lady.

Weil er dem Gatter den Rücken zugewandt hatte, konnte Leon Franks die Besucher nicht sehen. Er brüllte Befehle und griff mit der Peitsche ein, ließ sie knapp vor Ladys Kopf niedersausen und knalle sie dumpf auf die schwere Decke, die TJ über Ladys Rücken geworfen hatte. Das Pferd sollte zurückweichen, aber es protestierte laut wiehernd und bäumte sich auf, trat um sich und ging taumelnd in die Knie.

»Beeil dich, wirf ihr den Sattel über, solange sie unten ist!«, brüllte der Verwalter Jesse zu.

Der Cowboy gehorchte, nahm den Sattel von der Umzäunung, rannte los und warf das schwere Leder über Ladys Rücken.

»Zieh den Gurt an!« Der Verwalter selbst trat zurück, hielt gebührenden Abstand und überließ die gefährlichste Aufgabe Jesse.

Der blonde Cowboy zögerte. Obgleich die Fußfessel die Bewegungen des Pferdes einschränkte, konnte es mit seinen Hinterbeinen noch immer kräftig austreten. Jesse wartete, bis es wieder vorne in den Knien zusammensackte, dann stürzte er vor, um den Sattelgurt festzuziehen. »Verlang bloß nicht von mir, auf ihren Rücken zu steigen!«, brummte er. »Auf keinen Fall riskiere ich für dieses gefährliche Pferd Kopf und Kragen!«

»Du tust, was ich dir sage!« Ungerührt sah Leon Franks zu, wie die sich fest zuziehenden Gurte am Bauch das Pferd in Panik versetzten. Er lächelte grimmig, als Lady sich wieder aufrappelte, bockte und noch heftiger ausschlug als vorher und Jesse zwang, zur Seite zu springen. »Noch nie habe ich ein so verbissen kämpfendes Pferd gesehen!«

»Das reicht! Wir rufen den Tierschutzbund!« Lisas Gesicht war blass vor Zorn. »Was auch immer ihr beiden, du und Hadley, erzählt von wegen, sie können auf der Rose-Ranch mit ihren eigenen Pferden tun, was sie wollen – das hier können wir nicht länger zulassen!«

Kirsten umklammerte die oberste Latte des Gatters, bis die Knöchel ihrer Finger ganz weiß waren. Es war, als hätte diese schreckliche Szene sie gelähmt.

»TJ, du hast gehört, was Jesse gesagt hat. Ich glaube, du

musst den Job machen.« Franks befahl dem kräftigeren der beiden Cowboys auf das Pferd zu steigen.

Der Mann spuckte in die Hände und rieb sie aneinander. Er wartete, bis das Pferd aufhörte sich zu winden und zu treten, dann rannte er auf Lady zu und schwang sich auf ihren Rücken. Seine Füße glitten in die Steigbügel, seine Hände griffen in ihre Mähne, noch bevor die Stute Zeit hatte zu verstehen, was vor sich ging. Dann, obwohl sie gefesselt und angebunden war, gebärdete sich Lady wie eine Furie. Sie wand sich und schlug mit dem Kopf, machte einen Satz nach vorn, warf sich zurück auf ihre Hinterbeine und schleuderte TJ in alle Richtungen. Schließlich schnellte sie mit allen vieren in die Luft, den Rücken gekrümmt, bis der Anbindestrick an ihrem Kopf riss und sie zurückzog. TJ schrie überrascht auf, doch er hielt sich im Sattel. Sofort sprang Lady mit gestreckten Beinen nach vorn, brachte den Pfahl, an dem sie angebunden war, ins Wanken, kippte ihn fast um und katapultierte ihren Reiter aus dem Sattel.

TJ stürzte zu Boden. Er rollte zur Seite in den Staub, während das Pferd seinen Hut zerstampfte.

Leon beobachtete jede Bewegung und verzog den Mund zu einem dünnen Lächeln. »Also nein. So ein Pferd habe ich noch nie gesehen.«

Ladys Flanken hoben und senkten sich, sie taumelte mit ihrem gefesselten Bein, ihr wilder Gesichtsausdruck machte deutlich, dass sie beißen und jeden zu Tode treten würde, der sich ihr näherte.

»Blödes Vieh!« TJ stand etwas wacklig auf und wandte sich empört an seinen Boss. »Du kannst Donna sagen, dieses Pferd ist zu nichts zu gebrauchen, hast du gehört!«

»... Sie können Donna was sagen?«, fragte eine Stimme hinter Kirsten und Lisa.

Sie drehten sich um und erkannten im grellen Sonnenlicht die gepflegte Erscheinung der Ranchbesitzerin, langsam gefolgt von Matt.

»Mrs. Rose, Sie können das nicht länger zulassen!« Lisa lief zu ihr.

Kirsten wandte sich wieder der tapferen Lady zu und wünschte inständig, mit jeder Faser ihres Körpers, sie könnte etwas tun – irgendetwas –, um zu helfen!

Donna hatte Lisa nicht beachtet und stand nun am Gatter. Sie betrachtete das sich ihr bietende Bild; die wild dreinblickende, stampfende Stute, die zwei ziemlich mitgenommen aussehenden Cowboys und Leon Franks, der kaltschnäuzig auf seinem Pferd saß. »Was sollen Sie Donna sagen?«, wiederholte sie.

»Die schlechte Nachricht«, sagte Leon mit schleppender Stimme und starrte über die Einfriedung auf den weit entfernten flachen Horizont. »Ich habe bei diesem Pferd mein Bestes gegeben, alle Tricks versucht, die ich kenne, aber es nutzt nichts!«

Tapferes, tapferes Pferd!, dachte Kirsten. Sie liebte den grimmigen Blick in Ladys Augen, ihre Weigerung, sich zähmen zu lassen.

»Was sagen Sie da?« Donna öffnete das Gatter und trat zu ihren Männern.

»TJ hat Recht; die Stute taugt nicht für die Arbeit auf der Ranch«, erklärte ihr Leon. Ihm war das egal. Es war eine Tatsache.

Zuerst wollte Donna ihm nicht glauben. »Aber Hadley hat sie ausgesucht. Er kennt Pferde in- und auswendig!«

»Das spielt keine Rolle. Die Stute ist bösartig. Sie ist

in der Lage, jemanden zu töten.« Der Verwalter stieg vom Pferd, nahm seinen schwarzen Cowboyhut ab und wischte sich mit dem Ärmel über die Stirn.

»Sie geben also auf?«, fragte seine Chefin verächtlich und blickte mit einem Auge zu Lady hinüber.

»Ja, Ma'am.«

Lisa sagte nichts, lauschte jedem Wort und nickte Kirsten und Matt hoffnungsvoll zu. Bei dem momentanen Stand der Dinge gab es keine Veranlassung, den Tierschutzbund anzurufen; es sah danach aus, als würde die Rose-Ranch das Pferd gehen lassen.

»Was sollen wir Ihrer Meinung nach mit der Stute machen?«, fragte Donna. »Sie verkaufen?«

Leon schniefte und blickte zu Boden.

»Aber wer will schon ein Pferd, das man nicht zähmen kann?« Dieser neue Gedanke traf Donna schwer.

Lisa blickte Kirsten stirnrunzelnd an. »Könnte die Regenbogen-Ranch sie nicht kaufen?«, flüsterte sie.

»Gar nicht dran zu denken!«, sagte Matt warnend. Er war der Nüchterne in der Familie, der Geschäftsmann.

»Niemand!«, beantwortete Donna sich ihre Frage selbst. »Das heißt, wir bleiben auf einem Pferd sitzen, das wir nicht gebrauchen können!«

»Das kommt schon mal vor«, sagte Leon achselzuckend. Er machte den Eindruck, als wartete er, bis Donna sich beruhigt hatte, um ihr dann seinen Vorschlag zu unterbreiten. »Natürlich können wir kein Pferd unterhalten, das sich sein Futter nicht verdient.«

Mit einem verzweifelten Gesichtsausdruck blickte Donna von einem zum anderen, bis ihre Augen schließlich auf Kirsten ruhten. Sie seufzte. »Es scheint, Hadley hat einen teuren Fehler gemacht.«

Gib bloß nicht Hadley die Schuld, dachte Kirsten. *Und auch nicht Lady. Leon Franks ist hier derjenige, der im Unrecht ist.*

»Sie haben nur eine Möglichkeit, einen Teil Ihres Geldes zurückzubekommen.« Leon durchbrach Kirstens finstere Gedanken, um seine Lösung vorzustellen.

Donna zog einen Schmollmund. »Und welche?«

»Lassen Sie mich Arnie Ash anrufen.«

Der Name durchzuckte Kirsten wie ein Stromschlag. Große rote Buchstaben auf einem weißen Schild über einem breiten Tor. Ein Masthof hinter einer schäbigen Hauptstraße.

»Der Schlachthof?« Donna dachte einen Moment nach und warf einen Blick auf die unmögliche Schimmelstute mit dem unbezwingbaren Willen. Lady stand mit aufgerichtetem Kopf und angelegten Ohren da.

»Genau. Sie nehmen Pferde und machen Hundefutter aus ihnen«, sagte Leon mit leiser, rauer Stimme. »Es wird nicht viel einbringen, aber Sie müssen zugeben, es ist besser als nichts.«

5

»Sie bringen Lady morgen in aller Frühe zum Schlachthof!«, redete Kirsten am Telefon mit lauter Stimme auf Hadley ein. Sie stand in der Telefonzelle der lärmenden Kneipe »Endstation«, Lisa lehnte sich durch die Tür in die Kabine. Am anderen Ende des Lokals erzählte Matt gerade Bonnie Goodman, was passiert war.

»Ich kann dich hören«, antwortete Hadley. Er gab weder einen Kommentar noch seine Meinung ab.

»Sag doch etwas!«, flehte Kirsten ihn an.

»Was soll ich sagen?«

»Na, was wir tun können, um sie von ihrem Vorhaben abzubringen!« Es war unerträglich gewesen, Donna Rose zuzuhören, wie sie die Details mit Leon Franks durchsprach. Der Ranchverwalter sollte Arnie Ash anrufen und fragen, wann sie das Pferd zum Schlachthof bringen konnten; den Transporter würde er selbst fahren, um sicherzustellen, dass auch nichts schief lief.

»Schlagen Sie den besten Preis heraus, den Sie bekommen können«, hatte Donna ihm aufgetragen und sich von ihrer harten Seite präsentiert. Ihre Reaktion spiegelte die Enttäuschung darüber wieder, das Geld für den Kauf von Lady offensichtlich vergeudet zu haben.

»Beim nächsten Mal suche ich mir mein Pferd selbst aus«, hatte Leon die Ranchbesitzerin erinnert und, so fanden jedenfalls Kirsten und Lisa, höhnisch gegrinst.

Auf der Fahrt von der Rose-Ranch nach San Luis hatte

Matt behauptet, Kirsten und Lisa würden sich alles nur einbilden. »Leon macht seine Arbeit, so gut er kann«, hatte er nachdrücklich betont. »Interpretiert nicht zu viel hinein.«

»Du hast nie gesehen, wie er die Decken über Lady geworfen hat«, hatte Kirsten erwidert. »Der Kerl ist bösartig. Wenn ich Donna Rose wäre, würde ich ein Auge auf ihn haben.«

»Möchtest du, dass ich Donna davon abhalte, ihr Pferd zu Arnie Ash zu bringen?«, fragte Hadley am Telefon.

»Frag ihn, ob deine Mom die Stute kaufen möchte!«, zischte Lisa und streckte ihren Kopf über Kirstens Schulter. Ein paar Lkw-Fahrer betraten das Lokal und bestellten bei Bonnie Hamburger und Fritten. Unterdessen sah Matt auf die Uhr und dachte offensichtlich an seine Verabredung mit Lachelle. Er spülte den letzten Rest Kaffee hinunter und stellte die Tasse auf die Theke.

»Ich habe Lisa gut gehört«, sagte Hadley, bevor Kirsten Zeit hatte, die Frage zu wiederholen. »Ich kann dir Sandys Antwort geben, ohne sie auch nur gefragt zu haben.«

»Hadley, erkläre Mom die Situation. Sag ihr, wir müssten nur die Hälfte von dem bezahlen, was Lady eigentlich wert ist.« Kirsten wusste, dass der Preis, den Arnie Ash zahlen würde, im untersten Bereich lag und ein höheres Angebot Donna Rose verlocken könnte. »Du weißt doch selbst, was für ein gutes Pferd Lady ist!«

Am anderen Ende der Leitung herrschte Schweigen. Im Lokal hörte man das Klingeln der Kasse und das Zischen und Spritzen des Frittieröls, als Bonnie Goodman eine Portion Pommes frites in die Pfanne schüttete.

»Ich weiß, was für ein gutes Pferd sie *war*!«, antwortete Hadley schließlich. »Vergangenheit.«

»Was willst du damit sagen?« Kirsten legte eine Hand über den Hörer und drehte sich zu Lisa um. »Er weigert sich, uns zu helfen!«, stöhnte sie.

»Lady war ein prachtvolles Pferd, bevor sie Leon Franks und seinen beiden Schlägern in die Hände fiel«, machte Hadley ihr deutlich. »Aber ich habe nur noch wenig Hoffnung für die Stute, nach dem, was sie letzte Woche mit ihr angestellt haben. Kirsten, ich habe gesehen, was mit einem willensstarken Pferd passieren kann, wenn es brutal behandelt wird. Lady bekommt diesen unberechenbaren Zug – halb Angst, halb Zorn. Auf keinen Fall wird sie sich wieder fangen und ein zuverlässiges Reitpferd für unsere Gäste werden. Ihr Wesen ist für immer verdorben.«

»Nicht Lady!«, widersprach Kirsten, so heftig sie konnte. »Sie ist etwas Besonderes, sie könnte wieder lernen zu vertrauen!«

»Hm.«

»Sei doch nicht so. Ich weiß, wovon ich rede…« Verzweifelt brach Kirsten ab und drehte sich zu Lisa um.

Lisa schnappte sich den Hörer. »Hadley, bist du noch dran? Was Kirsten versucht dir zu sagen, ist, dass sie sich bereits mit Lady angefreundet hat. Du weißt, wie großartig sie mit Pferden umgehen kann. Am Sonntagnachmittag war sie nur wenige Minuten mit Lady zusammen, aber es gelang ihr, die Schutzhülle der Stute zu durchbrechen und zu ihr durchzudringen. Hinter all dem Buckeln und Aufbäumen steckt immer noch ein wunderbares, sanftmütiges Pferd…«

Kirsten nahm wieder den Hörer. »Frag zumindest Mom für mich.«

»Okay.« Die kurze Antwort drückte seinen tiefen Zweifel aus, dass dies etwas nutzen würde. Dann wechselte Hadley das Thema. »Was hält Matt von der Sache?«

Kirsten zögerte. »Du kennst doch Matt; er sieht immer nur das Geld.« »Denk erst gar nicht daran!«, waren seine Worte gewesen, die sich in ihrem Kopf fest eingegraben hatten.

»Und ich soll deiner Mom auch ausrichten, dass du heute Nacht bei Lisa bleibst?«, erinnerte sich Hadley. »Habe ich das richtig verstanden?«

»Genau«, seufzte sie mutlos. »Es ist wahrscheinlich besser, wenn ich hier schlafe. Bonnie kann mich morgen früh nach Hause bringen.«

Morgen früh, wenn es bereits zu spät sein würde, um Lady zu retten, wenn der Transporter der Rose-Ranch die schäbige Hauptstraße von Renegade bereits entlanggefahren war, durch das weiße Tor, unter dem roten Schild hindurch zur Endstation von Ladys kurzer Reise.

»Fünf Kilometer in tiefster Dunkelheit!«, protestierte Lisa. »Kirsten, bist du übergeschnappt?«

»Wir nehmen Taschenlampen mit.«

»Wir wären eine Ewigkeit unterwegs!«

»Nicht mit dem Fahrrad. Du fährst auf deinem und ich borge mir das von deiner Mom«, schob Kirsten die Einwände ihrer Freundin beiseite.

Etwas zu tun, irgendetwas, war besser, als untätig herumzusitzen.

»Was, wenn uns jemand sieht?« Lisa hatte eine lange Liste mit Gegenargumenten parat. Sie lag in ihrem warmen, gemütlichen Bett tief unter ihre Bettdecke gekuschelt und ihre verrückte beste Freundin redete nun davon, sich wieder anzuziehen und hinaus in die Kälte und

Dunkelheit zu schleichen, sich heimlich auf Fahrrädern über die Bundesstraße 27 davonzustehlen und durch Renegade bis zur Rose-Ranch zu fahren.

»Wer sollte uns sehen?«, fragte Kirsten herausfordernd, zog bereits den Reißverschluss ihres Schlafsacks auf, stieg in ihre Jeans und schlüpfte in ihr Sweatshirt. »Es ist nach Mitternacht, da schlafen alle.«

»Ich wünschte, *ich* würde das auch!« Stöhnend und seufzend warf Lisa ihre Bettdecke zurück. »Warum sind wir nicht normale Jugendliche, Kirsten, und hören Musik oder surfen im Internet? Warum können wir nicht einfach *schlafen*, wenn wir bei einem von uns übernachten?«

Trotz allem musste Kirsten grinsen. Lisa sah lustig aus mit ihren dunkelroten, nun ganz zerzausten und überall hochstehenden Haaren und dem Schmollmund, den sie zog. »Ich kann ja auch alleine gehen«, schlug Kirsten vor und kannte bereits die Antwort.

»Oh nein, auf keinen Fall! Denkst du wirklich, ich lasse eine Verrückte wie dich allein durch die Gegend radeln!« Lisa schlüpfte in ihre Hose, verlor dabei das Gleichgewicht und hüpfte durchs Zimmer.

»Pst! Sonst hört uns deine Mom noch!« Kirsten öffnete die Schlafzimmertür, spähte den Flur entlang und zog ihren Kopf schnell wieder zurück. »Im Zimmer deiner Mutter brennt noch Licht!«, flüsterte sie.

»Keine Panik. Mom lässt das nachts immer an.« Mittlerweile war Lisa angezogen. Sie durchstöberte ihren Kleiderschrank und brachte eine Taschenlampe zum Vorschein, die sie gleich ausprobierte, indem sie Kirsten direkt ins Gesicht leuchtete.

»Danke!« Ganz benommen und heftig blinzelnd, drehte sich Kirsten um und trat auf den stillen Flur. Die Dielenbretter knarrten, als sie Schritt für Schritt zur Treppe schlich. Hinter ihr stieß Lisa sich den Zeh und schluckte ein spitzes »Au« hinunter.

»Und was ist, wenn meine Mutter aufwacht und unsere Betten leer vorfindet?«, brachte Lisa leise ihren letzten Einwand zur Sprache, als sie unten im Flur am Treppenabsatz standen. Das Neonlicht der Gaststättenreklame schien durch das schmale Fenster und tauchte ihr Gesicht in ein fahles Blau.

Kirsten dachte nach. Bonnie würde in Panik geraten und überall anrufen. Dann würde auf der Regenbogen-Ranch auch ihre Mutter ausflippen und sie würden wahrscheinlich die Polizei einschalten. Doch dann wäre es zu spät, um sie und Lisa von der Durchführung ihres Plans abzuhalten. »Wir riskieren es!«, entschied sie, öffnete die Eingangstür und trat hinaus ins Mondlicht.

Geschmeidig und leise schoss ein Wiesel unter einem Holzhaufen hervor und rannte zu einem Abwasserrohr am Straßenrand. Ein Frosch hing leblos in seinem Maul; der lange Schwanz mit der schwarzen Spitze schlug hin und her, als das Wiesel in dem schmalen Loch verschwand.

Erst im letzten Moment sah Lisa das Tier im Lichtkegel ihrer Fahrradlampe. Sie drückte die Handbremse, um das flinke Tier nicht zu überfahren, geriet ins Wanken und kippte seitlich auf Kirsten.

Beide Mädchen stürzten zu Boden, rappelten sich aber unverletzt wieder auf. »Wie weit noch?«, flüsterte Kirsten und suchte die flache Ebene vor ihnen ab.

»Ungefähr eininhalb Kilometer«, wisperte Lisa zurück. Sie warf einen Blick zurück auf die Lichterreihe der Hauptstraße von Renegade. Beim Durchfahren war Renegade ihnen wie eine Geisterstadt vorgekommen. Ein Hund hatte geheult, ein Tor war im Wind aufgeschwungen. Niemand hatte sich gerührt.

»Warum flüstern wir eigentlich?«, zischte Kirsten, als sie wieder auf ihr Rad stieg. »Hier draußen ist doch keine Menschenseele!«

»Ich weiß. Ist das nicht unheimlich?« Lisa holte tief Luft. »Es kommt einem so vor, als sei man von einem großen schwarzen Loch verschluckt worden oder als fahre man zufällig in ein feindliches Universum und finde den Weg nicht mehr zurück in das Tageslicht unserer Welt, wo es Autos und Geschäfte gibt. Und alle Menschen, die du jemals kanntest, wachen auf und fragen sich, wo du bist. Du sitzt auf diesem dunklen Planeten mit Wieseln und Präriehunden, um dich Millionen Kilometer Graslandschaft, du siehst deine Familie, aber sie können dich nicht sehen. So als wäre eine unsichtbare Wand zwischen dir und ihnen. Bei ihnen scheint die Sonne und es ist Tag, alle gehen ihrer normalen Arbeit nach und weinen, weil du verschwunden bist und sie denken, du seist tot. Wenn du ihnen nur sagen könntest, dass du okay bist. Aber das geht ja nicht, weil du in dieser Albtraumwelt eingeschlossen bist...«

»...Und schließlich gibst du auf wie all die anderen Opfer vor dir, die in diesem Loch verschwunden sind«, beendete Kirsten Lisas Ausführungen. »Du verwandelst dich in einen Präriehund, bellst und jaulst in der Nacht und wirst niemals mehr gesehen! Herzlichen Dank für die nette kleine Bettgeschichte, Lisa!«

Während sie langsam über den holprigen Weg zur Rose-Ranch radelten, verging ihnen das Scherzen. Ihr Vorhaben war zu ernst, um unbekümmert bleiben zu können.

Und dann tauchte die Ranch vor ihnen auf, zuerst die sich lang hinziehenden Zäune an der Grenze zu Donna Roses Besitz, dann die Häuser am Ende der Schotterstraße.

»Sind wir uns ganz sicher, dass wir das tun wollen?« Lisa hielt an und stellte beide Füße auf den Boden. Noch konnten sie umdrehen und zurückfahren.

»Ja«, antwortete Kirsten. Sie stieg vom Rad und lehnte es gegen den Zaun. Von hier aus konnten sie später schnell entwischen. Was sie vorhatten, würde schwierig und unheimlich sein und wahrscheinlich stand ihnen am Ende Ärger ins Haus. Plötzlich bekam Kirsten Schuldgefühle, weil sie ihre Freundin in die Sache mit hineingezogen hatte. »Ganz ehrlich, Lisa, du kannst hier bleiben und aufpassen. Ich geh allein weiter!«

»Sehe ich genauso schrecklich aus wie du?« Lisa blickte Kirsten ins Gesicht, holte tief Luft und ging nicht auf deren Angebot ein.

»Du bist weiß wie ein Laken«, bestätigte Kirsten. »Mit großen, starren Augen. Als wärst du so verängstigt, dass du kaum noch schlucken kannst und das Herz dir gleich durch den Brustkorb springt.«

»So fühle ich mich auch!«

»Geht mir ebenso!«

Die Mädchen legten die Köpfe in den Nacken und sahen zum Himmel empor, wo eine Million winziger Sterne funkelten; der Mond sah aus wie eine angenagte silberne Scheibe, die hinter einem grauen Wolkenschleier verschwand.

»Bist du so weit?«, fragte Kirsten, zog die Taschenlampe aus ihrer Hosentasche und lief auf die Ranch zu.

Die Pferde standen still auf der Weide hinter dem Stall. Ihre Augen funkelten und ihr Fell schimmerte im Mondlicht.

»Eins, zwei, drei, vier, fünf...« Kirsten zählte die Pferde durch, die für Leon, TJ und Jesse hart arbeiten mussten. Sie und Lisa hatten sich neben den Stall gekauert. Der Geruch von Kreosot auf der frisch gestrichenen Wand stieg ihnen in die Nase.

Das Pferd, das ihnen am nächsten stand, drehte seinen Kopf und spitzte die Ohren. Im Schatten wirkte sein Gesicht schwarz, man sah nur ein weißes Schimmern, als es die Augen rollte.

»Dort ist Mondlicht!« Lisa zeigte auf den Schimmelwallach am anderen Ende der Weide. Er trug ein Halfter und starrte über den Zaun im Norden auf die hinter Renegade liegenden Berge, die Ausläufer der Rocky Mountains.

»In diesem Licht sieht er ganz unheimlich aus!«, flüsterte Kirsten. Wie ein Pferd aus einem Traum, ein blasser Schatten.

»Und da steht Strolch!«

Kirstens Blick folgte Lisas ausgestrecktem Finger und sie sah, wie sich der Schecke von der Gruppe löste. Er trabte zu Mondlicht an den Zaun, möglichst weit weg von den Mädchen am Stall.

»Glaubst du, sie haben uns gesehen?« Lisa änderte ihre Position.

»Sicher.« Daran gab es keinen Zweifel. Die Pferde hatten sie von Anfang an gerochen und gehört. Sie waren auf der Hut, wachsam und bereit, beim kleinsten Anzeichen von Gefahr sofort zu reagieren.

»Sollen wir weitergehen?«

»Nein.« Zumindest nicht, bis sie sicher sein konnten, dass Lady nicht auf der Weide war. Wenn sie alles gründlich abgesucht hatten, mussten sie näher zum Farmhaus schleichen und im Stall nach ihr suchen. Mondlicht und Strolch schienen auch die fünf anderen Pferde aufgeschreckt zu haben; sie lösten sich aus ihrer Gruppe und zerstreuten sich in die entfernt gelegenen Ecken. Ihre Hufe stampften über die Weide, was in Lisas und Kirstens Ohren wie Donnergrollen klang.

Kirsten zuckte zurück und duckte sich wieder hinter die Mauer. Prüfend blickte sie auf die oberen Fenster des Hauses, nirgendwo ging Licht an, nichts rührte sich.

»Leon hat Lady wahrscheinlich die Nacht über in eine Box gesperrt«, flüsterte Lisa. »So kann er den Pferdetransporter genau vor den Stall fahren und morgen früh gleich aufbrechen.«

Ein Schauer überlief Kirsten. »Sieht ganz danach aus. Weißt du was, wir wissen nicht einmal, wo Leon und die zwei anderen schlafen!« Es beunruhigte sie, nicht ausmachen zu können, wo die drei Männer sich befanden.

»Es muss hier irgendwo eine Unterkunft für sie geben. Vielleicht hinter dem Farmhaus?«, sagte Lisa achselzuckend. »Aber wir können uns darüber jetzt keine Sorgen machen. Komm schon!« Immer noch gebückt, drehte sie sich um und schlich um die Ecke auf den Hof.

Kirsten folgte ihr. Vom Haus aus waren sie nun zu sehen, darum mussten sie sich beeilen das Stalltor zu erreichen. Sie hielt den Atem an, bis sie im Stall waren, dann richtete sie sich in der Dunkelheit auf und streckte sich.

»Hast du die Taschenlampe?«, fragte Lisa mit dünner, zitternder Stimme.

»Hier.« Kirsten knipste sie an. Ein gelber Lichtstrahl fiel

auf die Reihe Pferdeboxen, dann auf den Stapel Heuballen am anderen Ende des Stalls. Ihre Hand zitterte und der Lichtstrahl glitt schwankend die Dachsparren hinauf und über die Decke.

»Halt die Lampe ruhig!« Lisa wagte sich ein paar Schritte vor und lauschte. Wenn ein Pferd hier war, würde es von den Geräuschen der Eindringlinge bald unruhig werden. Sie könnten es dann aufstampfen und schnauben hören.

»Als wir das letzte Mal hier waren, stand Lady in der Box hinter dem Heuvorrat!« Kirsten entschied sich weiterzugehen. »Dort drüben ist eine Tür, die bestimmt direkt auf die Weide führt. Leon wird sie durch diese Tür hereingebracht haben.«

Als sie mit der Taschenlampe an den leeren Boxen vorbeilief, wurde sie sich immer sicherer, mit ihrer Vermutung Recht zu haben. Sie fühlte, dass ein Lebewesen sich in dem schwülwarmen Stall aufhielt; sie spürte förmlich seinen Atem und die Wärme seines Körpers. Sie ließ das Licht der Taschenlampe an den Heuballen hoch- und runtergleiten, ging um die Ecke und leuchtete vorsichtig in die letzte Box.

Der Lichtstrahl fiel zuerst auf den mit Stroh bedeckten Boden, dann auf Hufe und schlanke Beine. Er warf gerade genug Licht, um die Schultern und den gebogenen Rücken auszumachen, den gewölbten Hals und den feingliedrigen Kopf von Lady.

Das Pferd starrte durch die Dunkelheit, ohne sich zu bewegen.

»Ganz ruhig!«, flüsterte Kirsten und hielt das Licht von seinen Augen weg. Sie hoffte, Lady würde ihre Stimme wieder erkennen. »Ich bin es, erinnerst du dich?«

Die Stute senkte den Kopf und schnaubte, ihr Blick

ruhte unverwandt auf Kirsten, als Lisa neben ihrer Freundin auftauchte.

»Du hast doch nicht etwa geglaubt, wir hätten dich vergessen, oder?« Kirsten reichte Lisa die Taschenlampe, trat einen Schritt vor und bemerkte, dass der Strick, mit dem man das Pferd angebunden hatte, an einem Metallring in der Wand festgezurrt war. Sie streckte ihre Hand aus, um den Knoten zu lösen. Ihre Worte schienen eine beruhigende Wirkung auf die Stute zu haben, deshalb sprach sie leise weiter, als sie in die Box ging: »Bleib ganz ruhig, wir haben dich gleich hier rausgeholt. Halt still, während Lisa versucht, die Tür zur Weide zu öffnen... Hörst du? Das ist das Geräusch der Tür, die aufschwingt. Jetzt kannst du die frische Luft spüren, die von der Prärie herüberweht... Ja, genau, ganz ruhig!«

Lisas Finger hatten sich an den schweren Riegeln zu schaffen gemacht und sie zurückgeschoben. Die Angeln der Tür hatten gequietscht, als sie aufsprang. Lady witterte das frische Gras und den Geruch der Nacht. Sie folgte Kirsten ins Freie.

In der am weitesten entfernten Ecke der Weide drängten sich die sieben anderen Pferde dicht zusammen. Sie standen abwartend da, als Kirsten die Schimmelstute aus ihrem dunklen Gefängnis ins Mondlicht führte.

»Okay, nun kommt der schwierige Teil!« Lisa blickte am Zaun entlang. Die Weide fiel an einer Seite zu einem Bach hin ab, aber auch dort befand sich am anderen Ufer ein stabiler Zaun. Kirsten war jetzt sicher, dass es nur ein Gatter zur Weide gab, und dieses führte auf den Hof am Haus. Das bedeutete, sie mussten Lady genau unter der Nase ihrer schlafenden Besitzerin vorbeiführen.

»Wir machen es!« Kirsten nahm Kurs auf das Gatter.

»Weißt du, warum?«, erklärte sie dem Pferd. »Wir wollen dir zur Flucht verhelfen. Das hier ist ein Notfall und wir haben keine Zeit, etwas Vernünftiges zu unternehmen. Am wichtigsten ist, dich vor morgen früh von dieser Ranch wegzubringen!«

Erneut schien ihre Stimme eine beruhigende Wirkung auf Lady zu haben. Die anderen Pferde hatten sich in Bewegung gesetzt und zerstreut. Sie liefen mit wehenden Mähnen und Schweifen unruhig über die Weide, ihre Hufe wühlten den weichen Boden auf. Nicht jedoch die Stute; artig folgte sie Kirsten und lauschte deren Stimme.

»Wir bringen dich von hier fort und morgen sehen wir dann weiter«, versprach Kirsten. »Vielleicht schalten wir die Leute vom Tierschutzbund ein, vielleicht kann ich auch meine Mom doch noch überzeugen, dich zu kaufen…« Mit dem Rücken zur nervösen Herde, schon fast in Freiheit, warteten sie darauf, dass Lisa das Gatter öffnete.

Das Mädchen schob den Riegel zurück.

In einem Fenster am Haus ging Licht an.

Kirsten sah es. Einen beinah unerträglichen Moment lang, während ihr Herz hüpfte und sie Lady fest am Halfterstrick hielt, betete sie, das Licht möge wieder ausgehen.

Aber nein, es blieb an. Eine Gestalt kam ans Fenster, um herauszuschauen.

»Schnell, Kirsten, lass die Stute hier raus!«, drängte Lisa.

Doch die aufgeregte Stimme hatte Lady verschreckt. Sie zog an dem Strick, drehte sich weg und wollte zurück auf die Weide. »Nicht dahin!« Kirsten versuchte sie aufzuhalten, spürte die Kraft des verängstigten Pferdes und zerrte völlig umsonst.

Der Strick spannte sich straff, während Lisa ihre Freundin beschwor, sich zu beeilen. Kirsten fühlte, wie die Kordel ihre Hand aufscheuerte, als sie ihr langsam entglitt. Es schmerzte, den Halfterstrick festzuhalten, und Lady war vollkommen durcheinander und wollte in die falsche Richtung fliehen. Noch einmal verrenkte sie den Kopf, dann musste Kirsten loslassen.

Jetzt konnte Lady davonrennen. Sie war ein Tier, das flüchtete. Das war das Einzige, was sie kannte.

Sie bäumte sich auf und wendete, lief zu den anderen Pferden auf der Weide und wieherte laut warnend. Mondlicht und Strolch galoppierten auf sie zu, umkreisten sie und stoben mit ihr über die Weide. Die anderen Pferde drängelten und galoppierten hinter ihnen her. Sie preschten den Abhang zum Fluss hinunter, stürzten sich ins Wasser, drehten um und stürmten wie wild auf den zweiten Zaun zu, dann auf den dritten.

»Aus dem Weg!«, keuchte Lisa, als die Pferde auf das Gatter zujagten. Sie schubste Kirsten zur Seite, an den Pfosten des Gatters, um den Ausgang freizumachen. Kirsten lag am Boden und starrte auf die heranpreschenden Pferde. Rhythmisch flogen ihre Beine über den Boden direkt auf sie zu.

Ihre Hufe ließen die Erde beben, sie erreichten das Gatter und im nächsten Moment waren sie draußen. Lady hatte die Führung übernommen. Sie donnerte an Kirsten vorbei, die sich abmühte aufzustehen. Ihr folgten Mondlicht und Strolch, ganz versessen darauf, die Freiheit zu erlangen. Sie stürzten durch das Gatter, weit vor den anderen Pferden, die den dreien auf den Hof folgten, Staub aufwirbelten und in alle Richtungen davonstoben.

In einem Seitenflügel des Farmhauses gingen immer

mehr Lichter an, wie Kirsten beim Aufstehen feststellte. Ihre Handflächen brannten und ihre Wange schmerzte an der Stelle, wo sie gegen den Pfosten gefallen war.

Die Pferde galoppierten weiter; drei von ihnen stürmten über das flache Land nach Süden und verschwanden schwarzen Schatten gleich in der Nacht.

Zwei umkreisten das Farmhaus und jagten dann in Richtung Stadt davon. In dem verschwommenen Durcheinander entdeckte Kirsten die schwarz-weiße Gestalt Strolchs. Er hob seinen Kopf und blickte zum zerklüfteten schwarzen Horizont der Berge in der Ferne.

Dann verlor sie ihn in dem ganzen Tumult aus den Augen.

Mondlicht? Lady? – Zwei helle Pferde verschwanden in der Nacht. Wer war wer? Wohin liefen sie? Sie sah, dass die beiden Schimmel Strolch in die Berge folgten.

Um sie herum herrschte Chaos; ihre Handflächen fühlten sich an, als brannten sie, Rufe ertönten in der Dunkelheit.

»Lauf, Kirsten!«, schrie Lisa und zog sie mit sich über die Weide, weg vom Haus.

Kirsten folgte ihr. Sie nahm kaum wahr, was sie tat.

Und ihr war es auch egal. Lady war frei; nur das zählte.

6

»Lisa?«, rief Bonnie Goodman die Treppe hinauf im Glauben, ihre Tochter schlafe noch tief und fest in ihrem Zimmer.

Es war Donnerstagmorgen, halb acht und um diese Zeit öffnete die »Endstation«.

Lisa saß bis auf ihre Jacke vollständig angekleidet, auf der Bettkante. Kirsten stand am Fenster und hatte sich den Schlafsack um die Schultern gelegt. Die Haare hingen ihr strähnig ins Gesicht, ihre grauen Augen glänzten matt. Nach den Ereignissen der Nacht hatten sie ihre Pyjamas nicht mehr angezogen. Beide fühlten sich ausgelaugt, wie betäubt vor Angst und Schuldgefühlen über das, was vorgefallen war.

»Lisa, komm nach unten! TJ und Jesse sind hier. Sie haben schlechte Nachrichten von der Rose-Ranch!«

Lisa stöhnte. »Ja, wir kommen schon!« Mühsam stand sie auf und zog die Vorhänge zurück. »Und nun?«, fragte sie.

Kirsten schloss die Augen und schüttelte den Kopf.

»Was machen wir? Geben wir zu, was wir getan haben?«

»Wenn wir das tun, bekommen wir einen Riesenärger!« Bis jetzt hatten sie kaum ein Wort miteinander gewechselt. Es war, als würde das Sprechen darüber alles noch schlimmer machen. Sie waren im Schutz der Dunkelheit über die Wiese bis zur Schotterstraße gerannt, hatten ihre Fahrräder geschnappt und waren unbemerkt davongefahren.

Zu diesem Zeitpunkt war es bereits unmöglich geworden, die acht entlaufenen Pferde wieder einzufangen. Als sie davongeradelt waren, hatten Kirsten und Lisa vom Hof der Rose-Ranch überraschte und wütende Stimmen gehört – die Cowboys hatten das offene Gatter und die leere Weide entdeckt. Sie hatten nicht angehalten, um ihre Tat zuzugeben, warum sollten sie es also nun tun?

»Wir kriegen sowieso einen Riesenärger!« Lisa versuchte realistisch zu sein. »Wenn wir jetzt runtergehen und uns TJs schlechte Nachricht von den Pferden anhören, müssen wir überrascht und schockiert wirken. Ich weiß nicht, wie es bei dir aussieht, aber ich bin nicht so gut im Theaterspielen!«

»Und? Sollen wir unsere Hände heben und sagen, wir waren es. Was dann? Sie werden die Polizei rufen.« Kirsten stellte sich gerade vor, wie die ganze Welt über ihr zusammenbrach. Der Blick in den Augen ihrer Mom, wenn der Sheriff sie anrief… Sie glaubte nicht, das ertragen zu können.

Lisa holte tief Luft. »Meine Mom wird tot umfallen!«

»Ja, meine auch.« Andererseits konnten sie auch den Mund halten und alle glauben lassen, die Pferde seien zufällig entwischt. Das wäre viel einfacher und weitaus weniger unangenehm.

»… Lisa, Kirsten, kommt ihr runter?«, rief Bonnie nochmals.

»Warum machen wir uns nicht einfach auf die Suche nach den Pferden?«, schlug Kirsten rasch vor. »Wenn wir alle außer Lady wieder einfangen, haben wir doch keinem geschadet.«

»Als wenn das so leicht wäre!« Lisa zog die Augenbrauen hoch.

»So schwierig ist es auch wieder nicht!«, behauptete Kirsten. Sie konnte Bonnies Schritte die Treppe heraufkommen hören. »Die Ranchpferde werden nicht sehr weit laufen. Sie bleiben wahrscheinlich in der Nähe von Renegade und suchen sich frisches Gras. Wenn es Nacht wird, laufen sie zurück nach Hause.«

»Dann bleiben noch die drei neuen Pferde!« Lisa rannte zur Tür, um ihre Mutter abzufangen. Noch immer hatten sie keinen vernünftigen Plan.

»Lisa!« Es klopfte und nach ein paar Sekunden Stille ging die Tür auf. Bonnie guckte ins Zimmer, ein Trockentuch steckte im Hosenbund ihrer Jeans und aus dem Lokal folgte ihr der Geruch von gebratenem Speck und frischem Kaffee. »Es gibt ein Problem auf Donna Roses Ranch. Die Pferde sind mitten in der Nacht ausgebrochen und TJ und Jesse suchen Leute, die ihnen beim Einfangen helfen. Ich habe ihnen gesagt, dass ihr zwei sicher gern...« Sie hielt unvermittelt inne und starrte Kirsten an. »Sag mal, wie ist denn das mit dem blauen Fleck in deinem Gesicht passiert?«

Kirsten fuhr sich mit der Hand an die Wange.

Verwirrt und misstrauisch bückte sich Bonnie und hob Lisas blaue Steppjacke vom Boden auf. Sie rieb über eine schwarze Stelle, roch daran und runzelte die Stirn. »Und woher stammt dieser Farbfleck?«

Es herrschte Totenstille. Ein Wagen fuhr auf den Vorhof, neue Gäste betraten das Lokal.

Bonnie blickte entsetzt von einem Mädchen zum anderen. »Oh Gott!«, flüsterte sie. Dann schnappte ihr Mund zu. Sie drehte sich um, ging schnurstracks zum Telefon und rief Sandy Scott an.

»Und das Schlimmste ist, dass ihr vorhattet zu lügen!« Das Gesicht von Kirstens Mom war weiß vor Zorn. Sie war nach San Luis gefahren, um ihre Tochter abzuholen, und hatte sie ohne ein Wort mit nach Hause genommen.

Kirsten ließ sich auf einen Stuhl am Küchentisch fallen. Draußen schien die Sonne, der Himmel war blau wie immer. Doch alles andere hatte sich völlig geändert.

»Bevor du etwas sagst, Kirsten: Zu schweigen und Donna in dem Glauben zu lassen, ihre Pferde seien zufällig entlaufen, ist das Gleiche wie lügen!«

»Ich weiß!« Kirsten war untröstlich. Der Blick, den sie gefürchtet hatte, derjenige, der sagte: »Du hast mich schwer enttäuscht!«, stand ihrer Mutter ins Gesicht geschrieben. »Es tut mir Leid!«

»Das genügt nicht!«

»Ich weiß.«

»Wie konntest du das nur tun? Wie konntest du mir und allen anderen das antun!« Sandy ging nicht weiter ins Detail.

»Ich habe nicht richtig darüber nachgedacht. Ich wollte nur Lady davor bewahren, als Hundefutter zu enden!«

»Und das kommt davon, wenn dein Herz deinen Verstand beherrscht!« Sandy warf ihren Hut auf den Tisch und wandte sich ab. »Was passiert? Die Dinge geraten außer Kontrolle und Donna sitzt da ohne ein einziges Arbeitspferd auf der ganzen, weiten Ranch. Wie soll sie nun ihre Rinder zusammentreiben und ihr Geschäft fortführen? Sie muss Löhne zahlen und hat drei Männer, die nun die Arbeit nicht erledigen können, für die Donna sie eingestellt hat!«

»Mom, es tut mir Leid!« Kirsten stand mühsam auf,

Tränen liefen über ihre Wangen. »Können wir Donna nicht ein paar von unseren Pferden leihen, bis man ihre gefunden hat?«

Sandy blickte über ihre Schulter. »Sag das noch mal.«

»Wir könnten drei Pferde hinüber zur Rose-Ranch bringen und Donna zur Verfügung stellen. So kann sie ihre Ranch am Laufen halten. Und ich könnte mich persönlich bei ihr entschuldigen!«

Auch wenn es sie Überwindung kosten würde, so war dies im Moment das einzig Richtige.

»Das soll nicht heißen, dass du für den Rest der Ferien keinen Hausarrest hast!«, warnte Sandy ihre Tochter.

Es war halb elf und sie fuhren Richtung Renegade.

Sandy war mit Kirstens Vorschlag einverstanden gewesen und hatte gemeint, man könne so die Tat der vergangenen Nacht ein Stück weit wieder gutmachen. Also hatten sie John-Boy, Silberblitz und Yukon in den Transporter geladen und die Gäste an diesem Morgen Hadley und Charlie überlassen.

»Ja, ich weiß, Mom!« Kirstens Antwort klang niedergeschlagen und einsilbig. Bei jeder Kurve und jedem Schlagloch glaubte sie, ihr werde übel.

»Und Donna hat noch immer die Möglichkeit, den Sheriff anzurufen und Anzeige zu erstatten!«, führte ihre Mutter weiter aus. »Sie könnte dich nach allen Regeln der Kunst fertig machen, wenn sie wollte!« Und das war nicht mehr, als sie und Lisa verdient hatten, verriet der Tonfall ihrer Stimme. Sie, Sandy, hatte kein Mitleid mit ihnen. Kirsten und Lisa mussten schon die Konsequenzen ihres törichten, unüberlegten Planes selbst tragen.

Auch Lisa hatte Hausarrest. Bonnie hatte herumgeschrien und sie ein »törichtes, dummes Mädchen« genannt. Dann hatte sie ihren Vater, Lisas Großvater Lennie Goodman, angerufen und vereinbart, dass ihre Tochter ein paar Tage bei ihm bleiben sollte. Indem sie Lisa zu ihrem Großvater auf den Zedernwald-Campingplatz schickte, konnte sie ihre Tochter aus dem ganzen Ärger heraushalten, bis man die Pferde der Rose-Ranch gefunden und wieder eingefangen hatte.

»In der Zwischenzeit fehlen uns auf der Regenbogen-Ranch drei der besten Pferde und Hadley muss einigen Gästen neue Tiere zuteilen. Und das alles, weil…!« Sandy verstummte und saß da mit zusammengekniffenen Lippen, ihre Hände umklammerten fest das Lenkrad.

Gegenüber an der Ampel bog Leon Franks gerade mit einem Pritschenwagen samt Anhänger aus dem Schlachthoftor. Er bemerkte sie nicht, doch der Anblick seines schmalen, kantigen Gesichts reichte aus, um Kirsten daran zu erinnern, weshalb das alles passiert war. Und warum war er bei Arnie Ash gewesen? Hatte man Lady gefunden und sie wie geplant zum Schlachthof gebracht? Bei diesem Gedanken lief es ihr eiskalt über den Rücken und sie sackte in ihrem Sitz zusammen.

Sandy fuhr gemächlich die Straße entlang und bog kurze Zeit später zur Rose-Ranch ab. Kirsten sah das sich mit einem Mal weit ausdehnende flache Prärieland und die winzige Ranch am Ende des schnurgeraden Weges, die beim Näherkommen immer größer wurde. Sie suchte die Umgebung nach Hinweisen auf die entlaufenen Pferde ab, aber sie bekam nur schwarz-weiße Rinder zu Gesicht, die ihre Köpfe hoben und ausdruckslos dem Transporter hinterherstarrten, als er vorbeirumpelte.

Bevor sie Zeit hatte, ihre Gedanken zu ordnen und sich von dem Schrecken zu erholen, dass der Kampf um Ladys Leben vielleicht schon verloren war, erreichten sie die Ranch. Die Tür war geschlossen, die Veranda leer, abgesehen von dem Bund Chilis und dem Geweih. Zum ersten Mal bemerkte Kirsten, wie trist und heruntergekommen die Ranch aussah.

Sandy hatte kein Wort mehr gesagt, seit sie an der Ampel in Renegade mitten im Satz abgebrochen hatte. Jetzt stieg sie aus dem Fahrerhaus und schlug die Tür zu; sie holte tief Luft, bevor sie zur Veranda lief und an die Eingangstür klopfte.

Kirsten versuchte zu schlucken. Ihr Mund und ihr Hals schmerzten von der Anstrengung, ein Weinen zu unterdrücken.

Nichts rührte sich. Sandy klopfte nochmals.

Diesmal ging die Tür auf. Offensichtlich hatte Donna durch das Fenster geschaut, die Besucher erkannt, aber sich nicht zusammenreimen können, warum sie und der Transporter hier waren. Sie hielt die Tür halb geschlossen und schaute misstrauisch heraus. Kirsten beobachtete die Erklärungsversuche ihrer Mom, das Achselzucken, die entschuldigenden Gesten, das ernsthafte Gespräch. Allmählich öffnete Donna die Tür weiter und trat schließlich auf die Veranda hinaus.

»Nein, wirklich!«, sagte die Besitzerin der Ranch, schüttelte den Kopf und warf Kirsten, die noch immer auf dem Beifahrersitz saß, einen kurzen Blick zu. »Das ist doch nicht nötig. Wirklich eine sehr großzügige Geste Ihrerseits, aber ich kann das nicht annehmen... Es ist ehrlich nicht nötig!«

Ganz langsam rutschte Kirsten vom Beifahrersitz. Die

300 Meter über den staubigen Boden bis zur Veranda kamen ihr wie Kilometer vor. Ihre Füße fühlten sich an, als seien sie Bleigewichte, die an schwachen, zitternden Stielen saßen.
»Eines der Pferde ist bereits von selbst zurückgekommen«, sagte Donna zu Sandy.
Welches? Bitte nicht Lady!
»Wildblume, eines der Ranchpferde«, fuhr sie fort.
Kirsten atmete tief durch. Leon Franks hatte Lady also nicht zum Schlachthof gebracht.
»Sie ist lieb und zahm wiedergekommen, ganz ohne Hast«, erzählte Donna. »Leon geht davon aus, dass auch einige der anderen Tiere bis zum Abend wieder hier sein werden.«
»Setzen Sie unsere Pferde trotzdem ein!«, drängte Sandy. »Auch wenn die anderen zurückkommen, brauchen sie doch eine Pause. John-Boy, Yukon und Silberblitz sind ausgeruht und können arbeiten.« Hinter ihrem Rücken gab Sandy ihrer Tochter ein Zeichen, sich zu beeilen und zu ihr zu kommen. »Außerdem möchte Kirsten Ihnen noch etwas sagen«, erklärte sie Donna.
Kirsten lenkte ihren Blick von der Treppenstufe, auf der ihre Füße standen, über die abgewetzten Planken der alten Veranda hin zu Donnas schicken braun-cremefarbenen Lederstiefeln, über ihre Jeans, die silberne Gürtelschnalle bis hinauf zu Donnas Gesicht. Dann zwinkerte sie überrascht. Das Gesicht zeigte keine Spur von Make-up und das blond gesträhnte Haar war ungekämmt. Dies war also Donna Rose ohne Maske; eine müde Frau mittleren Alters mit einem verlorenen Blick in ihren geröteten Augen.
»Es tut mir wirklich Leid!«, flüsterte Kirsten.

Donna blickte ihr prüfend ins Gesicht. »Ja.« Sie nickte, schaute dann noch verlorener als vorher und murmelte: »Ich wünschte nur, ich hätte verstanden.«

»Ich helfe Ihnen dabei, die Pferde zu finden«, versprach Kirsten, entschlossen, alles wieder in Ordnung zu bringen. »Ich weiß, in welche Richtung sie gelaufen sind, und kann TJ und Jesse sagen, wo sie suchen müssen!«

»Das wäre prima.« Donna nickte vage und starrte hinaus auf die Prärie, als erwarte sie, die entlaufenen Pferde folgsam wieder nach Hause traben zu sehen. Dann wandte sie sich an Sandy und lächelte sie matt an. »Geben Sie sich nicht die Schuld. Ihre Tochter hatte offenbar einen Grund für das, was sie tat.«

Das wurde ja immer schlimmer; Kirsten hatte nicht mit einer so niedergeschlagenen Donna gerechnet. Mit ihrem Zorn umzugehen, wäre leichter gewesen. »Ich wollte nicht alle Pferde entkommen lassen!«, versuchte Kirsten zu erklären. »Nur Lady!«

»Ach ja, die Schimmelstute.« Mit einem Kopfschütteln und einem erneuten traurigen Lächeln wandte sich Donna wieder an Sandy. »Ich weiß es zu schätzen, dass Sie mir helfen und mir Ihre Pferde leihen wollen«, sagte sie zu ihr. »Aber es wird letztendlich keinen Unterschied machen.«

»Wieso?« Eine entschlossene Sandy Scott ging zum Transporter und machte sich daran, Silberblitz auszuladen.

Donna folgte ihr und half die Rampe herunterzulassen. Im Transporter wieherten die Pferde und traten in dem engen Raum unruhig hin und her. »Ich will damit sagen, dass dieser ... Vorfall ... heute Nacht«, Donna blickte Kirsten an, »nur das letzte Glied in einer ganzen Kette von Problemen ist. Seit Dons Tod musste ich mich abmühen, damit alles weiterlief. Er ist sehr plötzlich gestorben, verstehen Sie, und ich war in keinster Weise darauf vorbereitet, die Ranch ganz alleine zu führen. Es waren immer wir zwei gewesen; Don und Donna Rose von der Rose-Ranch. Er hat sich um die Rinder gekümmert und um alles, was damit zusammenhing, ich war für den Haushalt zuständig. Vielleicht etwas altmodisch, aber wir waren zufrieden.«

»Es ist schwer, wenn man auf sich allein gestellt ist«, stimmte Sandy ihr zu. Sie kletterte in den Transporter und führte Silberblitz heraus. »Man muss alles geben.«

»In meinem Alter ist es schon zu spät, um zu lernen, wie das geht.« Donna stand neben ihr. »Ich entschied mich, einen Verwalter einzustellen, den ich mir eigentlich gar nicht leisten konnte, aber es schien die einzige Möglichkeit zu sein, um hier bleiben zu können.«

Sandy übergab Kirsten den großen Fuchs mit der weißen Blesse und ging wieder in die Box. »Allerdings sind gute Angestellte schwer zu finden.«

»Ich hatte drei Verwalter in ebenso vielen Jahren«, gestand Donna. »Diesmal musste ich meine Suche sogar weit über die Grenzen unseres Bundesstaates bis Wyoming ausdehnen, um Leon zu finden. Und damit sind die Probleme noch nicht zu Ende. Das Geld für Futter, das bereitet mir am meisten Kopfzerbrechen. Und die Ranch ist ziemlich heruntergekommen; ich brauche auch Geld, um beispielsweise die Zäune zu reparieren. Von Arbeiten am Haus und am Stall ganz zu schweigen.« Sie drehte sich zu Kirsten um, die Silberblitz angebunden hatte und nun zurückkam, um ihrer Mom Yukon abzunehmen. »Auf eine bestimmte Weise hat dein verrückter kleiner Plan der letzten Nacht mir geholfen, eine Entscheidung zu fällen.«

Kirsten runzelte die Stirn. »Wirklich?«

»Ja. Ich habe dadurch erkannt, dass dies alles hier vielleicht etwas viel für mich ist. So wie der Tropfen, der das Fass zum Überlaufen bringt.«

Sandy kam mit John-Boy aus dem Transporter; John-Boy war ein schöner, schwarzer Halbaraber und das letzte der drei Pferde, die sie Donna leihen wollte. Sie spürte, dass eine wichtige Ankündigung folgen würde, und blieb auf der Rampe stehen.

Die Besitzerin der Ranch blickte erneut in die Ferne. »Zu viele Probleme, nicht genug Geld... und dann, plötzlich, aus heiterem Himmel, gerade bevor Sie eintrafen, ein Kaufangebot für die Ranch! Zählen Sie mal alles zusammen, was haben Sie dann?«

»Jemand möchte Ihnen die Rose-Ranch abkaufen?«, hakte Kirsten nach. Gerade als das Ausleihen der drei Pferde begann ihr Gewissen zu beruhigen, hörte sie, dass Donna aufgeben wollte. Jetzt fühlte Kirsten sich erst recht wieder schuldig.

»Was sagen Sie da?« Bevor Donna auf Kirstens besorgte Frage antworten konnte, kam Sandy die Rampe herunter und schüttelte ungläubig den Kopf.

»Ich habe ein Angebot bekommen!«, wiederholte Donna, ihre Lippen bebten und ihre Augen füllten sich mit Tränen. »Kein großartiges Angebot, das ist wahr. Aber es ist ein gutes Geschäft; Geld bar auf den Tisch.«

»Haben Sie angenommen?«, fragte Sandy behutsam nach.

»Noch nicht. Ich habe ihm gesagt, ich werde darüber nachdenken.«

»Wem haben Sie das gesagt?«, wollte Kirsten wissen und sah Donna das erste Mal bei diesem Besuch direkt in die Augen. »Von wem kam das Angebot? Wer will die Rose-Ranch kaufen?«

7

»Arnie Ash rief mich an. Ich hatte gerade fünf Minuten den Hörer aufgelegt, bevor ihr kamt.« Donna schien angestrengt ihre Gedanken zu ordnen. »Nun, ich weiß, er schwimmt in Geld; der Schlachthof ist eine Goldgrube. Doch ich habe nicht geahnt, dass er so viel Moneten hat. Er will bar bezahlen!«, erzählte sie.

Kirsten runzelte misstrauisch die Stirn. »Warum will er die Ranch kaufen?«

»Warum nicht?« Sandy erschien die Idee sehr plausibel. »Für ihn wäre es eine tolle Sache, in die Rinderzucht einzusteigen, seine eigenen Rinder großzuziehen und so weiter. Damit könnte er ein zusätzliches gutes Geschäft machen.«

»Besonders, wenn er alles modernisiert«, räumte Donna ein. »Er würde einen Verwalter beschäftigen, der alles auf den neuesten Stand bringt.«

»Verwalter?«, wiederholte Kirsten. Ihr Gehirn lief auf Hochtouren, dass es nur so ratterte.

»Gewiss. Wie er mir sagte, hofft er darauf, dass Leon auch nach dem Verkauf bleibt. Bisher hatte ich noch keine Gelegenheit, mit Leon darüber zu sprechen …«

»Das hätte ich mir denken können!« Ratter-ratter-ratter. Leon Franks war aus dem Schlachthof gekommen, als sie vorbeigefahren waren. Und er hatte ziemlich selbstzufrieden dreingeblickt. Also das hatte er dort verloren gehabt: Er war zu Arnie Ash gerannt, um ihm von Donnas

Problemen zu erzählen, und er hatte den Besitzer des Schlachthofes ermutigt, der Witwe ein niedriges Kaufangebot zu unterbreiten. Ja, natürlich!

»Kirsten, unterbrich Donna nicht ständig!«, sagte Sandy in scharfem Ton.

»'tschuldigung.« Mit gerunzelter Stirn sah sie auf ihre Füße. Nun war nicht der richtige Zeitpunkt, ihre Vermutung zu erklären. Doch sie spielte ihre Gedanken zu Ende. »Ergreif die Chance, solange die alte Dame am Boden ist!«, musste Leon zu Arnie Ash gesagt haben. »Sie wird mit der neuesten Krise, dass ihre Pferde entlaufen sind, nicht fertig. Gerade jetzt wird sie für jedes Angebot offen sein, auch wenn es ein lächerlich kleiner Betrag ist!«

Arnie Ash würde das beste Geschäft seines Lebens machen und Leon für die zugesteckten Informationen dankbar sein. Wahrscheinlich konnte Leon mit einer großzügigen Gehaltserhöhung rechnen.

Eine schlechte Nachricht, sogar eine ganz schreckliche Nachricht. Und die Tatsache, dass Leons Pritschenwagen sich in diesem Moment dem Farmhaus näherte, machte alles noch wirklicher. Er raste über den holprigen Weg und fuhr mit quietschenden Bremsen auf den Hof, schmiss die Wagentür zu und warf Sandy und Kirsten einen langen, kalten Blick zu.

»Was soll der Transporter hier?«, wollte er wissen.

»Wir haben Donna ein paar Pferde geliehen, bis sie ihre zurückhat.« Sandys Stimme klang abwehrend.

»Wer hat Sie darum gebeten?« Leon blickte verärgert auf John-Boy, Silberblitz und Yukon, während er seine ledernen Chaps von der Ladefläche holte und sie anzog.

»Niemand hat uns darum gebeten. Wir dachten, es sei das Mindeste, was wir tun können.« Sandy stellte fest, dass sie ihren Besuch schon viel zu lange ausgedehnt hatten, und ging zum Transporter. »Behalten Sie die Pferde so lange, wie Sie wollen«, sagte sie zu Donna.

»Sie müssen zugeben, es sind keine echten Arbeitspferde!« Leon stellte sich Sandy und Kirsten in den Weg, um seiner Chefin die Situation klarzumachen. »Diese Pferde sind nur das Freizeitreiten gewohnt. Und sie tragen Ranchurlauber über die Reitwege und keine Berufscowboys, die Rinder von der Herde trennen und einfangen.«

Kirsten blieb stehen. »He, John-Boy ist genauso gut wie jedes andere Pferd auf der Rose-Ranch, das zum Trennen oder Einfangen der Rinder eingesetzt wird!«

Leon grinste sie spöttisch an. »Davon träumst du!« Er ging zu dem zierlichen Rappen, der zurückwich, als Leon sich ihm unvermittelt näherte. Lauthals lachte er über John-Boys schlanke Statur. »Willst du etwa behaupten, dass dieser Schwächling einen 750 Kilo schweren Stier halten kann oder schnell genug ist, um ein Kalb einzufangen?«

»Ganz bestimmt!« Kirsten weigerte sich klein beizugeben. »Araber sind ziemlich schnell und sie sind dafür bekannt, viel mehr Durchhaltevermögen zu besitzen als ein Quarter Horse.« Ihr Herz pochte laut vor Wut und Sorge. Man brauchte nicht viel Phantasie, um sich vorzustellen, wie Leon Franks die Pferde der Regenbogen-Ranch behandeln würde, während sie hier waren. Sie sah die Sporen des Cowboys in der Sonne glänzen und beobachtete, wie John-Boy zurücktänzelte, soweit sein Halfterstrick das erlaubte.

»Komm schon, Kirsten«, sagte ihre Mom und schaute selbst etwas besorgt drein. Sie verabschiedeten sich von

Donna, die seit Leons Eintreffen unruhig auf der Veranda gestanden hatte, als müsse sie allen Mut zusammennehmen, um Leon die Nachricht von Arnie Ashs Angebot mitzuteilen.

Kirsten zögerte noch einen Augenblick. »Wie lange haben Sie Zeit, Arnie Ash Ihre Antwort mitzuteilen?«, raunte sie der Ranchbesitzerin leise zu. Sie bemerkte, dass Leon Franks im Begriff war, sich unhöflich in ihr Gespräch einzumischen.

Donna seufzte und schüttelte ihren Kopf. »Nicht lange. Er sagte, das Angebot gelte nur kurze Zeit, ansonsten investiere er sein Geld in eine andere Ranch, die er sich vor kurzem angesehen hat.«

»Wie lange genau?« Kirsten wusste, dass eine Menge von Donnas Antwort abhing.

In ihren Augen lag dieser trübe, abwesende Blick, als sie mit stockender Stimme antwortete. »Vierundzwanzig Stunden«, flüsterte sie. »Arnie möchte bis morgen Mittag um diese Zeit eine Antwort haben!«

»TJ und Jesse haben wieder zwei ihrer Pferde gefunden!«, begrüßte Hadley seine Chefin und Kirsten mit der guten Nachricht.

Es war Mittag, als sie schließlich wieder zu Hause eintrafen. Sie waren mit dem Transporter auf Seitenstraßen um Renegade und San Luis herumgefahren und hatten nach den vermissten Tieren Ausschau gehalten. Am Ufer des Schlangenflusses hatten sie gesucht und auf Weideflächen, die hinter Espenwäldchen und Weidenbäumen versteckt lagen. Einmal hatten sie etwas sich bewegen sehen – ein Tier mit rötlich-braunem Fell, das über sumpfigen Boden stolperte. Sie waren ausgestiegen, hatten seine Spur verfolgt und waren wieder auf das Tier gestoßen, als es gerade am Fluss trank.

»Ein altes Rindvieh«, hatte Sandy leise scherzend gesagt.

Die Kuh hatte ihren weißen Kopf gehoben, Wasser tropfte noch immer von ihrer stumpfen rosigen Nase. Die Brandmarke auf ihrer Hinterbacke zeigte ein großes R in einem Kreis.

»Es ist eine von Donnas Kühen, aber sie muss von den Weideflächen der Ranch weggelaufen sein«, hatte Sandy erklärt. »Komm schon, meine Gute, hopp, hopp!«

Fast eine Stunde hatte es gedauert, das Tier aus dem Wasser heraus und zurück zum Land der Rose-Ranch zu treiben.

Als sie zu Hause ankamen und Hadleys Nachricht hörten, sprang Kirsten als Erste aus dem Wagen. Sie folgte ihm in den Stall. »Hast du eine Ahnung, welche zwei Pferde sie gefunden haben?«

Der Cowboy warf Heu in die Futtertröge aus Holz und beobachtete dann, wie die drei Fohlen über den Sandplatz hinter dem Stall staksten. Mit ihren dünnen Beinen und großen Köpfen wirkten sie unbeholfen. Doch bald ließen sie sich das gute Futter schmecken. »Zwei Ranchpferde«, berichtete Hadley. »Einen Fuchs namens Foxy und einen Appaloosa, der Pilgrim heißt.«

»Wo haben sie die Pferde gefunden?« Für einen Augenblick hatten die drolligen Fohlen Kirsten von ihren Problemen abgelenkt. Das größte, ein Schwarzschecke, stieß den Palomino und den Braunen mit dem Kopf weg, um das beste Heu zu ergattern. Doch die beiden anderen verbündeten sich gegen den Schecken. Schließlich kamen sie zu der Erkenntnis, dass genug für alle da war, und machten sich daran, zufrieden aus der Futterkrippe zu mampfen.

»Südlich der Ranch«, beantwortete Hadley die Frage Kirstens. »Leon nahm an, sie wären über die Prärie und nicht in Richtung der Berge gelaufen. Scheint fast, als hätte er Recht.«

Kirsten nickte kurz und drehte sich dann weg. Die letzte Nacht wurde vor ihrem geistigen Auge wieder lebendig. Sie sah die Szene im Mondschein, als die Pferde sich in alle Richtungen zerstreut hatten: Einige waren Richtung Prärie nach Süden gerannt, das stimmte, aber einige hatten sich zur Adlerspitze im Norden aufgemacht. Strolch zum Beispiel. Wahrscheinlich waren Mondlicht und Lady ihm dicht auf den Fersen gefolgt. Aber davon erzählte sie Hadley nichts.

»Kirsten!«, rief ihre Mom von der Veranda.

Sie lief los, den dunklen Gang mit den hölzernen Boxen entlang, vorbei an den runden Futtertonnen, durch die schwere Kieferntür in den Corral.

»Lisa ist am Telefon!« Sandy wartete mit verschränkten Armen. »Ihr zwei habt Hausarrest, denk dran! Verabrede dich nicht mit ihr!«

Nickend sauste Kirsten an ihr vorbei zum Telefon in der Küche. Ganz außer Atem und neugierig nahm sie den Hörer.

»Hallo!« Lisa klang nicht so redselig wie sonst.

»Hallo!« Kirsten setzte sich auf die Tischkante und blickte hinaus auf die Berge.

»Ich bin auf dem Zedernwald-Campingplatz und habe gerade die Neuigkeit von Großvater gehört; bis jetzt haben sie drei von Donnas Pferden gefunden!«

»Ich weiß.« Nachrichten verbreiteten sich wirklich

schnell. »Donna überlegt, die Rose-Ranch zu verkaufen.«

»Was? Das wusste ich gar nicht.«

So schnell also doch nicht. Ein langes, betretenes Schweigen ihrer Freundin und Kirstens schlechtes Gewissen begann sich erneut zu regen. »Hast du nur angerufen, um mir das von den drei Pferden zu erzählen?«

»Nein, eigentlich...« Lisa schien noch zu überlegen, ob sie sagen sollte, was ihr auf dem Herzen lag. »Kirsten, ich bin gerade mit Großvater zum Campingplatz gefahren. Er ist ziemlich sauer auf mich.«

»Die ganze Welt ist sauer auf uns«, bestätigte Kirsten. »Und?«

»Nun, er sprach nicht gerade viel. Ich habe die ganze Zeit aus dem Fenster geschaut und so getan, als sei mir alles egal.«

»Genau wie ich.« Lisa schien es genauso schwer zu haben wie sie selbst, erkannte Kirsten. »Also, was willst du sagen?«

»Nun, ich kann es nicht beschwören«, seufzte Lisa. »Vielleicht bin ich im Moment etwas durcheinander. Aber wir waren auf dem Weg zum Zedernwald und Großvater hielt unterwegs an, um mit dem Förster zu plaudern. Na ja, ich sehe mittlerweile überall frei laufende Pferde; nun, ich sehe sie nicht wirklich, ich bilde es mir nur ein.«

»Das liegt daran, dass wir letzte Nacht nicht geschlafen haben.«

»Wie auch immer. Meist sind es nur Schatten oder Hirsche. Ich blicke also den Felsen hinauf und glaube drei Pferde am Horizont zu sehen. Großvater verabschiedet sich vom Förster und ich sage: ›Warte einen Augenblick!‹, aber er ignoriert mich absichtlich. Nun überlege ich, ob ich wieder Hirsche gesehen habe oder ob es diesmal wirklich drei Pferde waren. Eins war ganz bestimmt ein schwarz-weißer Schecke…«

»Strolch!«, stieß Kirsten hervor.

»Eines war zu weit weg, um zu erkennen, ob es ein Fliegenschimmel war, aber ich bin mir fast sicher…«

»Mondlicht!« Kirsten senkte ihre Stimme zu einem Flüstern.

»Und das dritte, auch ein Schimmel, sah von dem Felsen herab und beobachtete, wie ich es beobachtete. Es trug ein Stallhalfter, spitzte seine Ohren und starrte mich an, bereit zu fliehen…«

Kirsten schloss die Augen und ihr stockte fast der Atem. »Lady!«

»Glaube ich auch. Aber ich kann nichts unternehmen, weil Großvater mir nicht zuhören will. Er fährt einfach weiter und das Wagengeräusch schreckt sie auf. Wir biegen um eine Linkskurve, fahren durch ein Waldstück, und als ich wieder nach oben blicke, sind die Pferde verschwunden. In null Komma nichts. Weg!«

»Kannst du dich erinnern, an welchem Felsen das war?«, flehte Kirsten. Sie warf einen Blick über ihre Schulter und sah ihre Mom in der Tür stehen.

»Am Engelsfelsen«, flüsterte Lisa zurück.

Dann musste am anderen Ende der Leitung irgendetwas passiert sein. Plötzlich hörte Kirsten ein Klicken und das Gespräch war unterbrochen.

An diesem Nachmittag teilte Sandy das Pferd ihrer Tochter, den Palomino Lucky, für einen der Ausritte ein und stellte eine Liste mit Arbeiten auf, die Kirsten bis zum Abend auf Trab halten würden. Ganz oben stand Brennholzstapeln. Sie musste Charlie helfen, das Holz hinten auf einen Anhänger zu setzen und zu den Blockhütten der Gäste zu bringen. Dann hieß es Pferdedecken abspritzen, ausbürsten und säubern, bevor sie über die Zäune zum Trocknen gehängt wurden. Danach ging es daran, Sättel und Zaumzeug zu putzen, Heuballen umzusetzen, den Hof zu harken und die Sattelkammer zu wischen.

»Ich stapele das Heu«, bot Charlie an. Es war halb drei und er sah, dass Kirsten ziemlich erschöpft war. »Du solltest etwas Schlaf nachholen.«

Sandy war mit einer Gruppe zum Kojotenpfad aufgebrochen. Vor fünf Uhr würde sie nicht zurück sein. »Bist du dir sicher?« Kirsten schaute auf ihre Uhr.

»Klar bin ich mir sicher.« Er nahm ihr einen schweren Ballen ab und ging damit durch den Stall. Dann blieb er stehen und blickte sich um. »Pass du nur auf, nicht wieder in Schwierigkeiten zu geraten, verstanden!«

Charlie musste gemerkt haben, dass Kirstens Gedanken sich überschlugen und sie an Schlaf nicht einmal dachte. Schnell lief sie aus dem Stall, bevor er sein Angebot zurückzog.

Engelsfelsen! Das war hinter dem Zedernwald-Campingplatz, auf der anderen Seite des Nordwindpasses. Wie konnte sie ohne Pferd dorthin kommen? Oder sollte sie es riskieren, Charlies Pferd Rodeo Rocky zu satteln? Auf keinen Fall. Die Sattelkammer lag neben dem Stall, wo Charlie arbeitete. Konnte sie stattdessen einen Halfterstrick nehmen, Rocky von der Weide führen und ihn ohne Sattel reiten? Zumindest war es dann unwahrscheinlicher, erwischt zu werden. Kirsten blieb beim Haus stehen, um nachzudenken, und kam zu der Überzeugung, Letzteres sei immer noch die beste Idee.

Kurz darauf hatte sie sich einen Halfterstrick über die Schulter geworfen und schlich über die Brücke zur Rotfuchsweide. Rodeo Rocky stand als einziges Pferd dort, nachdem alle anderen Tiere im Einsatz oder ausgeliehen waren. Er blickte auf und wieherte, als sie näher kam.

»Pst!« Kirsten kletterte über den Zaun und sprang auf die Weide. Das braune Fell des Pferdes schimmerte im Sonnenlicht in dem ihm eigenen metallischen Glanz. Seine dunkle Mähne und sein Schweif hingen seidig weich herab. Flink streckte sie ihre Hand aus und hakte den Verschluss des Stricks am Stallhalfter ein, dann führte sie Rodeo Rocky still und heimlich von der Weide.

Der nächste Schritt war schwieriger. Rocky war ein mutiges und kluges Pferd; sie hatten ihn vom Rodeo in San Luis gerettet, wo er misshandelt worden war. Früher war er ungestüm und schwer berechenbar gewesen, doch er hatte gelernt, Kirsten zu vertrauen, und jetzt machte er sich ganz prächtig auf der Ranch und war Charlies ganzer Stolz. Aber er war jung, stark und es nicht gewohnt, ohne Sattel geritten zu werden. Immerhin war es demnach denkbar, dass die unbekannte Situation ihn treten und buckeln ließe, sobald Kirsten versuchte aufzusitzen. Sie konnte zu Boden geworfen werden und unter die Hufe des verschreckten Pferdes geraten.

Sie führte ihn zum Fluss, weg von Haus und Stall, und wartete, bis sie den Schutz der Weiden erreicht hatten, bevor sie stehen blieb und ihren ersten Versuch startete. Sanft redete sie auf ihn ein und versuchte ihm durch den Klang ihrer Stimme und mit Hilfe ihrer Bewegungen deutlich zu machen, dass, was immer sie auch tat, ihn nicht ängstigen oder ihm wehtun sollte.

»Ich würde dich nicht darum bitten, wenn es nicht unbedingt sein müsste!«, flüsterte sie und legte den Halfterstrick in einer Schlinge um seinen Hals.

Rodeo Rocky senkte seinen Kopf und schnaubte. Er schüttelte sich von Kopf bis Fuß.

»Das mag sich vielleicht komisch anfühlen«, fuhr sie fort und streichelte, während sie redete, mit ihrer Hand über seinen Hals und seine Schulter. Sie spürte, dass er sie aufmerksam beobachtete. »Ich weiß, du würdest lieber Sattel und Zaumzeug haben, das bist du gewohnt und damit kennst du dich aus. Aber für heute müssen wir einmal ohne auskommen.«

Ich höre dir zu, schienen eine Bewegung seines Kopfes und das lebhafte Spiel seiner Ohren zu sagen. *Mach ruhig weiter.*

Kirsten fand einen Felsbrocken ganz in der Nähe, auf den sie stieg, um auf gleicher Höhe mit dem Kopf des Pferdes zu sein. Dann legte sie beide Arme über seinen Widerrist. Als sie sich gegen Rocky lehnte, merkte sie, wie seine Muskeln sich anspannten, ihr Gewicht zu tragen. »Jetzt greife ich in deine Mähne und ziehe mich hoch«, warnte sie ihn. »Wenn ich mein Bein über deinen Rücken schwinge, musst du brav stehen bleiben. Sonst werde ich abgeworfen, verstehst du?«

Sie hauchte die Worte in sein Ohr und machte sich bereit. Rocky stand still, offensichtlich wunderte er sich, was sie vorhatte, doch war er bereit, ihr zu vertrauen.

Ganz behutsam und langsam schob Kirsten ihr Bein über seinen breiten Rücken. Dann zog sie sich nach oben. »Ganz ruhig!«, murmelte sie, als Rocky ihr volles Gewicht zu spüren bekam. Sie hielt sich an seiner Mähne fest, versetzte ihm einen sanften Tritt mit ihrer Ferse und schnalzte mit der Zunge.

Er machte einen Schritt nach vorn, dann noch einen und schwankte etwas beim Erklimmen des Abhangs, der sie vom Fluss wegführte. Als er merkte, dass Kirsten von einer Seite zur anderen rutschte, bemühte er sich, einen gleichmäßigeren Schritt einzuschlagen. Und er wusste, ohne das gewohnte Gebiss und die Zügel, die ihn sonst führten, musste er aufmerksamer auf Kirstens Schenkelhilfen und Stimme achten.

Kirsten gebrauchte ihre Fersen, um Rodeo Rocky auf den Moskitopfad zu lenken; zuerst waren ihre Hilfen ganz zaghaft, doch nachdem sie ihr Gleichgewicht gefunden hatte, wurde sie selbstsicherer. Rocky gehorchte aufs Wort. Er gewöhnte sich an das neue Gefühl, ohne Sattel geritten zu werden.

»Du machst das klasse!«, murmelte Kirsten beim Durchqueren eines Baches, der den Fluss speiste. »Meinst du, wir sollten einen Trab versuchen?«

Rocky gehorchte, beschleunigte seinen gleichmäßigen Schritt, hob seine Beine an und lief im ruhigen Trab den Berg hinauf. Kirstens Körper wiegte sich im Takt, eine Hand hatte sie an seiner Schulter, mit der anderen hielt sie den zur Schlinge gebundenen Halfterstrick.

»Und wie ist es mit einem Galopp?«, flüsterte sie.

Rocky spürte, wie sie ihr Gewicht gegen seinen Rücken drückte, und er hörte das Geräusch ihrer Lippen, das ihm sagte, er solle schneller werden. Seine kräftigen Beine griffen zu einem gleichmäßigen Galopp aus.

Den Wind in ihren Haaren, wich Kirsten Kiefernstämmen aus, ritt durch silber-grüne Espenwäldchen und legte eine gute Strecke zurück. Die Sonne warf ihre Schatten auf die Erde, ein leichter Wind strich durch die Bäume. Sie ritt ohne Sattel und war der Natur so nahe wie überhaupt möglich.

8

Kaum eine Stunde nach ihrem spontanen Entschluss, Lisas Beobachtung von den drei Pferden selbst zu überprüfen, erreichte Kirsten mit Rodeo Rocky den Engelsfelsen.

Die Umrisse des leicht rosa schimmernden grauen Granitfelsens waren aufgetaucht, als sie den Eingang zu Lennie Goodmans Campingplatz in großem Bogen umritt, und seither hatte Kirsten ihn immer im Auge behalten. Von all den Felsen in der Umgebung wurde er seinem Namen am besten gerecht, dachte sie. Sicher, Indianerfelsen war ein gute Name für den Felsen in Form eines Kopfes. Und die Bezeichnung Bärenjägerpass entsprach dem flachen Felsvorsprung, auf dem früher die Jäger mit ihren Gewehren gestanden und nach Schwarzbären und ihren wertvollen Pelzen Ausschau gehalten hatten. Doch der Engelsfelsen hatte die Form eines dieser Engel, die man auf die Spitze von Weihnachtsbäumen setzte, und sogar seine Flügel waren auszumachen. Es war der perfekte Name schlechthin.

Gleißendes Sonnenlicht ließ das Gesicht des Engels im Profil erkennen und Schatten täuschten ein Schlagen seiner Flügel vor, während Kirsten das letzte Stück des Hanges hinaufritt.

»Brr«, flüsterte sie Rocky zu.

Es war sengend heiß; abgesehen vom Klicken der Pferdehufe auf dem steinigen Untergrund, herrschte Stille.

Als Rodeo Rocky im Schatten des Felsens stehen blieb,

glitt Kirsten von seinem Rücken und band ihn an einem Baum an. Sie lauschte aufmerksam. Immer noch Stille; kilometerweit, wie ihr schien, als sie den Kamm erreichte und ins nächste Tal hinunterblickte.

»Strolch, wo bist du?«, rief sie leise. »Mondlicht? Lady?«

»Hallo!« Eine Gestalt trat plötzlich hinter dem Engelsfelsen hervor.

»Oh Gott, Lisa, hast du mich erschreckt!« Kirsten erkannte das zerzauste rote Haar und das sommersprossige Gesicht ihrer besten Freundin und sah die aufgerollten Stricke über ihrer Schulter. »Was machst du hier?«

»Das Gleiche wie du, schätze ich mal.«

»A-aber… Warum hast du mir nicht gesagt, was du vorhast?« Kirsten hatte ihre Stimme wieder gefunden und sich von dem Schreck erholt.

»Dazu hatte ich doch keine Gelegenheit. Großvater hörte, wie ich vom Engelsfelsen sprach, und befahl mir aufzulegen. Ich musste mir eine Ausrede einfallen lassen, um mich davonzustehlen, damit er keinen Verdacht schöpft.«

Kirsten nickte. »Ähnlich wie bei mir.« Entschuldigungen und Vorwände und noch mehr Ärger, wenn sie aufflogen. »Sie werden denken, wir haben geplant, uns hier zu treffen.«

Mit einem Achselzucken wandte Lisa ihre Aufmerksamkeit den bewaldeten Hängen des Tals zu. »Ich fühlte, ich muss Donna helfen, ihre Pferde wiederzubekommen, das ist alles.«

»Du weißt, was sie über große Geister sagen.« Sie und Lisa hatten denselben Gedanken gehabt. »Ich hoffe, dass sie ihre Meinung über den Verkauf der Ranch ändert, falls es uns gelingen sollte, ihre Pferde vor morgen früh zurückzubringen.«

Lisa suchte noch immer die Landschaft ab und nickte.
»Würde das auch Lady einschließen?«, fragte sie leise.
Kirsten runzelte die Stirn. Den ungezähmten Schimmel von diesen friedlichen Bergen fortzubringen und wieder den grausamen Praktiken eines Leon Franks zu überlassen, würde ihr das Herz brechen.
»Ich nehme an, das ist ein Nein«, sagte Lisa nach einer langen Pause und begann talabwärts durch den hohen, dunklen Wald zu laufen.

Sie suchten eine halbe Stunde lang ohne Erfolg. Wenn die Pferde wirklich am Engelsfelsen gewesen waren, hatten sie keine Spuren hinterlassen.
»Okay, ich habe es mir also nur eingebildet!«, seufzte Lisa, strich sich das Haar aus dem erhitzten Gesicht und fächerte sich mit ihrem breitkrempigen Hut Luft zu.
Die Mädchen hatten eine Fläche im Umkreis von 500 Metern rund um den Engelsfelsen durchkämmt und kamen zum Ausgangspunkt zurück, dorthin, wo Kirsten Rodeo Rocky angebunden hatte. Es war Zeit, die Suche abzubrechen und nach Hause zu gehen.
Der Braune schien erfreut, sie zu sehen. Er schnaubte und stampfte auf den Boden, als sie zurückkehrten, dann hob er den Kopf und spitzte die Ohren, als erwarte er losgebunden zu werden.
»Schon gut, sei nicht so ungeduldig«, sagte Kirsten zu ihm. Rockys Ohren bewegten sich lebhaft hin und her, dann kräuselte er seine Lippen und ließ ein langes, lautes Wiehern hören. Gerade als Kirsten den Knoten lösen wollte, antwortete ein zweites Pferd.
»Hast du das gehört?«, stieß Lisa hervor. Wie angewurzelt blieb sie stehen und lauschte.

Unten im Tal beim Zedernwald wieherte das geheimnisvolle Pferd erneut. Diesmal schien es näher zu sein.

»Was sollen wir tun?«, fragte Lisa. Sie war auf einen Felsen geklettert und starrte in Richtung des erregten Wieherns.

»Hier warten!«, entschied Kirsten. Sie ahnte, dass Rockys Wiehern bald das andere Pferd zum Engelsfelsen ziehen würde. Sein Herdeninstinkt zusammen mit seiner angeborenen Neugierde würde es anlocken.

Tatsächlich, die Unterhaltung der Pferde ging weiter. Rocky wieherte, um dem Unbekannten seine Position mitzuteilen, das unsichtbare Pferd antwortete.

»Es kommt näher!«, murmelte Lisa und bemühte sich, Bewegungen auf dem bewaldeten Hang zu erkennen. Schließlich deutete sie auf eine Gestalt, die durch einen Espenhain strich, sich nicht zeigen wollte, jedoch von Rockys beherrschendem Wiehern in Versuchung geführt wurde.

Kirsten sah das Tier. Sein Fell war fast ebenso hell wie die schlanken weißen Stämme der Espen. Ein Schimmel.

»Mondlicht!« Lisa erkannte die braun gesprenkelte Zeichnung des Wallachs.

Das Pferd trat zwischen den Bäumen hervor. Ja, es war Mondlicht und nicht Lady. Kirsten stieß einen Seufzer der Erleichterung aus. »Und Strolch!«, flüsterte sie, als ein zweites Pferd zwischen den Stämmen auftauchte. Der Schwarzschecke war einfacher auszumachen und zu erkennen. Beide Pferde trugen Stallhalfter und kamen furchtlos näher. Sie wollten den angebundenen Braunen kennen lernen.

»Warte!«, murmelte Kirsten. Es gab keinen Grund, übereilt zu handeln. Dank Rocky liefen ihnen Donnas frisch zugerittene Pferde direkt in die Arme. Sie drehte sich Lisa zu, um einen der Stricke zu nehmen, die ihre Freundin von der Schulter hatte gleiten lassen.

Im Geiste hatte sie Strolch und Mondlicht bereits am Halfterstrick festgemacht und führte sie mit Lisa zum Campingplatz hinunter. Sie würden auf der Rose-Ranch anrufen und darauf warten, dass Donna einen Pferdetransporter vorbeischickte, um sie abzuholen …

Das Geräusch eines Motors durchschnitt die heiße, bleierne Stille. Rocky versuchte sich aufzubäumen, doch sein Strick zog ihn nach unten. Mit einem Mal panisch geworden, liefen Mondlicht und Strolch den Hang hinauf.

Ein Pritschenwagen mit Aufleger raste die Schotterpiste zwischen den Bäumen hoch. Schlitternd kam er zum Stehen und zwei Männer sprangen heraus. Sie jagten durch das Unterholz auf die verwirrten Pferde zu und versperrten ihnen den Fluchtweg, indem sie die Tiere in den Schatten des Engelsfelsens drängten.

»He!«, schrie Kirsten, als sie Leon Franks und TJ erkannte. »Das ist überhaupt nicht nötig!«

Die Männer beachteten sie nicht und näherten sich mit eigenen Stricken den Tieren. Sie schwangen Lassos über ihren Köpfen und ließen sie durch die Luft in Richtung der Pferde sausen.

Beide Schlingen erreichten ihr Ziel und zogen sich fest um den Hals der Pferde.

»Wir sagten, das ist nicht nötig!« Lisa war wütend. Sie stürmte auf Leon zu, während Kirsten ihr Bestes gab, Rodeo Rocky zu beruhigen. »Wir hätten sie friedlich und ohne Gewalt wieder zurückgebracht!«

»Wir glauben euch!«, schnaubte Leon und zog am Seil, um Mondlicht den Hügel hinabzuzwingen. »Ihr seid ja auch der Grund, warum wir dieses Problem haben, erinnert ihr euch?«

Lisas Mund klappte zu, sie wurde knallrot, wechselte das Thema und rannte hinter TJ und Strolch her. »Woher wussten Sie überhaupt, wo die Pferde waren?«, wollte sie wissen.

TJ hatte Mühe, den Schecken unter seine Kontrolle zu bekommen. Strolchs Augen blickten starr und sein ganzer Körper widersetzte sich der Gefangennahme. »Wir erhielten einen Anruf von Lennie Goodman«, brummelte er und wich einem Huftritt aus. »Dann sind wir, so schnell es ging, hergefahren.«

»Und was haben Sie mit ihnen vor?« Lisa musste einen Schritt zur Seite gehen, um Leon und Mondlicht den Weg frei zu machen.

»He, Mädchen, verschwinde!«, verlor der Ranchverwalter allmählich seine Beherrschung, als er versuchte, den Schimmel zum Transporter zu bugsieren. »Hopp, verschwinde hier!«

Er holte mit seinem freien Arm aus und stieß Lisa rückwärts gegen einen Baum. Kirsten hörte den dumpfen Aufprall und stürzte los, um ihrer Freundin aufzuhelfen.

»Alles okay?« Sie zog Lisa auf die Beine.

Lisa hielt sich ihre Schulter; ihr Gesicht war ganz blass geworden, doch sie nickte.

»Ein wahrer Albtraum!«, fauchte Kirsten. Sie drehte sich um und sah, wie die Rampe hinten am Fahrzeug zu Boden schlug und Leon Franks sein ganzes Gewicht einsetzte, um Mondlicht auf die Rampe zu schieben. »Dieser alte Transporter ist doch überhaupt nicht sicher!«

Lisa verzog das Gesicht vor Schmerz, hielt sich ihren

Arm und wandte sich ab. »Je schneller alles vorbei ist, desto besser!«, meinte sie.

Nun war TJ an der Reihe, Strolch in den Transporter zu zwingen. Er band das Pferd an einer Metallstange neben Mondlicht fest. Die zwei Pferde stampften mit den Hufen auf und zerrten, sie schwitzten vor Angst und rempelten sich auf der engen Fläche gegenseitig an.

»Wenn sie die beiden in diesem Wagen heil zur Rose-Ranch bringen, ist es ein Wunder!«, sagte Kirsten mit Abscheu in der Stimme. Sie hasste jeden Zentimeter an Leon Franks' knochiger, schroffer und brutaler Gestalt.

Er klappte die Rampe hoch, schmiss sie zu und rannte dann zum Fahrerhaus, wo TJ bereits auf dem Beifahrersitz saß. Der Motor heulte auf und schwarzer Rauch stieg aus dem Auspuff. Der plötzliche Ruck nach vorn versetzte Mondlicht und Strolch in neue Panik. Das Letzte, was Kirsten und Lisa von ihnen durch die Rauchwolke hindurch erhaschten, waren zwei buckelnde, auskeilende Pferde, die laut gellend wieherten.

In der Stille danach spürte Kirsten, wie ihr Mut tiefer denn je sank. Es schien, als könne sie keine Bewegung tun, ohne dass Leon Franks unverhofft auftauchte, all ihre guten Absichten gegenüber Donna Rose zunichte machte und sie mit dem bitteren Geschmack von Abscheu zurückließ.

Und nun hatte dieser Mann mit seinem ungehaltenen Stoß auch noch Lisa verletzt.

»Wir bringen dich zurück zum Campingplatz«, bot sie an, während sie Rodeo Rocky losband und auf dem Schotterweg auf Lisa wartete. »Kannst du aufsitzen?«

»Nein, mir geht es gut, danke«, antwortete Lisa, obwohl ihr Gesicht genau das Gegenteil vermuten ließ.

»Dir geht es nicht gut. Ich begleite dich wenigstens bis zum Tor.« Dort mussten sie sich trennen und Kirsten würde sich auf den Rückweg zur Regenbogen-Ranch und zu weiß Gott welchen Problemen machen. Inzwischen würde es dann etwa fünf Uhr sein, also genau die Zeit, zu der ihre Mom sicherlich schon vom Ausritt zurück war.

Lisa stimmte Kirstens Vorschlag mit einem verbissenen Nicken zu. Kirsten führte Rocky und gemeinsam machten sie sich langsam auf den Weg, bereits voller Furcht davor, was sie zu Hause erwarten würde.

»Betrachte es von der positiven Seite.« Nachdem sie eine halbe Stunde schweigend gelaufen waren und der Eingang des Zedernwald-Campingplatzes in Sicht kam, brachte Lisa ein schwaches Lächeln zu Stande.

»Welche positive Seite?« Soweit Kirsten das abschätzen konnte, gab es keine. »Wir zwei werden für den Rest unseres Lebens Hausarrest bekommen und du sagst mir, ich soll zuversichtlich sein!«

Lisa umklammerte ihren Arm, versuchte zu lächeln und blickte zurück auf den im Schatten liegenden Berghang, von dem sie gekommen waren. »Am Engelsfelsen scheint noch die Sonne«, murmelte sie.

»Ja?« Das konnte sie auch nicht aufmuntern.

»Und Lady ist noch irgendwo da oben!«

»Ja!« Kirsten nickte. Das war das Licht am Ende des dunklen Tunnels – Lady. Sie war immer noch frei.

Kirsten musste das im Hinterkopf behalten, als sie und Rodeo Rocky nun den Weg zur Regenbogen-Ranch einschlugen. Ein Pferd wie Lady konnte sehr gut in den Bergen überleben, auch wenn es allein war. Lady würde auf den kleinen Wiesen grasen, die sie finden würde, wenn sie die schmalen Seitenschluchten hinunterwanderte. Und die reißenden Bäche führten jede Menge frisches Wasser. Im Oktober, mit Beginn der Schneefälle, würde es schwieriger werden. Aber der Winter war ja noch weit entfernt.

Tief in Gedanken ritt sie mit Rodeo Rocky auf dem Moskitopfad. Zum ersten Mal gelang es ihr, sich die Zukunft des zähen Schimmels auszumalen, und sie beruhigte sich selbst, dass in den Moskitobergen kein Tier lebte, das eine wirkliche Bedrohung für Lady darstellte, solange das Pferd es schaffte, gesund und unverletzt zu bleiben. Kojoten und Luchse würden sich fern halten. Eine Bärin und ihre Jungen, die man vor einiger Zeit in der Gegend gesichtet hatte, waren längst weitergezogen.

Sicher, Lady würde einsam sein. Ein Herdentier brauchte Gesellschaft, darum würde sie wahrscheinlich weiterziehen, bevor der Winter kam und die Bergpässe versperrte. Ihr Urinstinkt würde ihr womöglich sagen, dass in der Prärie Wyomings Wildpferde lebten, und er würde sie weit weg führen. Wahrscheinlich sah Kirsten sie nie wieder.

Traurig lenkte sie Rocky den Berg hinab und auf den staubigen Schotterweg, der den Moskitopfad kreuzte. Sie waren nicht einmal mehr einen Kilometer von zu Hause entfernt, als Kirsten deutliche Reifenspuren bemerkte; ein Zeichen dafür, dass Leon Franks mit den zwei wieder eingefangenen Pferden wahrscheinlich diese Strecke genommen hatte. Die Spuren brachten sie in die Gegenwart zurück. Wo war der Transporter in diesem Moment? Hatte er schon die Hauptstraße nach San Luis erreicht? Ob es Mondlicht und Strolch noch gut ging?

»Nenn es Vorahnung!«, sagte Kirsten später.

Es dämmerte bereits. Der Tierarzt Glen Woodford war sofort zum Unfallort geeilt, als Charlie ihn angerufen hatte. Kirsten stand neben ihrer Mom und starrte auf den zerdellten Pritschenwagen, dessen Front sich in einen Felsen am Straßenrand gegraben hatte.

»Ich wusste einfach, es kann nicht gut gehen!«

Sie und Rocky waren am Schlangenfluss angekommen, auf dem letzten Wegstück zur Ranch. Irgendetwas hatte sie veranlasst, sich umzudrehen und den steilen Weg rechts von ihr hochzublicken; den Schotterweg, den Leon Franks zur Bundesstraße 5 genommen haben musste. Und dann sah sie das Unglück. Die Räder des halb umgestürzten Transporters drehten sich noch und Leon und TJ kletterten aus dem Fahrerhaus und gingen nach hinten, um nach den verletzten Pferden zu sehen.

Ohne anzuhalten, um Einzelheiten auszumachen, hatte Kirsten sich wieder umgedreht und war zur Ranch gejagt. Ihr Herz schlug wie wild zwischen ihren Rippen. Charlie war ihr auf dem Hof entgegengekommen und hatte sie erst einmal beruhigen müssen. Dann hatte sie ihn angefleht, den Tierarzt zu rufen.

»Es geht um Mondlicht und Strolch! Sie waren in einen Unfall verwickelt. Ich glaube, die beiden sind schwer verletzt!«

Eine Ewigkeit schien verstrichen zu sein, aber tatsächlich hatte es nur eine halbe Stunde gedauert, bis Glen eingetroffen war. Sandy Scott war von ihrem Ausritt zurückgekommen und hatte ein Chaos am Unfallort vorgefunden: Charlie schärfte Leon und TJ ein, auf keinen Fall den Versuch zu unternehmen, die Pferde hinten aus dem Transporter zu holen, bevor der Tierarzt eintraf; Hadley kam angeritten und wollte wissen, was in Teufels Namen los war, und Kirsten zitterte noch immer und war vor Schreck ganz blass.

Doch nun war alles unter Kontrolle. Kirsten beobachtete, wie Glen mit einer Beruhigungsspritze für die Pferde in den Transporter kletterte. In der Dämmerung war kaum noch etwas zu erkennen, doch der Tierarzt schien Leon beruhigen zu können und teilte ihm mit, dass die Verletzungen nicht allzu schlimm aussahen und die Pferde in erster Linie unter Schock standen und ein paar kleinere Schnittwunden und Blutergüsse davongetragen hatten. Das Medikament begann zu wirken. Bald würde es ungefährlich sein, Mondlicht und Strolch aus dem Aufleger zu holen.

Sandy hörte dies und atmete tief durch. Sie ging hinüber zu Leon und erinnerte ihn daran, dass er Donna anrufen und ihr von dem Unfall erzählen musste. »Sagen Sie ihr, mit den Pferden sei alles in Ordnung«, bat sie ihn mit Nachdruck. »Kirsten, begleite bitte Leon und zeige ihm, wo das Telefon ist!«

»Ja, Ma'am.« Genau das war es, ein Befehl, dem man sich nicht widersetzen durfte.

Mit finsterem Blick und einem Gefühl, als sträubten sich ihr alle Nackenhaare, führte Kirsten den Verwalter zur Ranch.

9

»Schuld war ein geplatzter Reifen«, berichtete Leon am Telefon und starrte Kirsten zornig an, als wolle er sie herausfordern, ihm zu widersprechen. »Dieser uralte Transporter ist eine Todesfalle. Wir können von Glück reden, dass nichts Schlimmeres passiert ist.«

Ein geplatzter Reifen – oh nein! Innerlich kochte Kirsten vor Wut. Vielmehr schien es an dem gefährlichen Fahrstil von Leon gelegen zu haben, der sich vor TJ hatte aufspielen wollen. Sein fahrlässiges Verhalten brachte Kirsten in Rage.

»Die Reparaturen werden eine Stange Geld kosten«, fuhr er fort. »Zu der Rechnung der Werkstatt kommt dann noch die von Glen Woodford.«

Hör nicht auf ihn! Kirsten lief auf der Veranda auf und ab und hörte, wie Leon dick gegenüber Donna auftrug.

»Und übrigens, wir wissen auch noch nicht, ob die Pferde nicht getötet werden müssen. Für mich sah es so aus, als hätte Mondlicht ein gebrochenes Bein. Wir könnten ihn zu Arnie bringen und Strolch vielleicht auch.«

Nur über meine Leiche! Auf jede Lüge, die Leon seiner Chefin auftischte, konterte Kirsten sofort mit einer wütenden, doch stillen Antwort.

»… Nein, tun Sie das nicht, Donna.« Leons Tonfall änderte sich. Er wurde einsilbiger und schirmte mit der Hand den Hörer ab. »Auf keinen Fall. Sie bleiben am besten, wo Sie sind!«

Kirsten stoppte neben der Tür und lauschte.

»… Nein, hören Sie. Warum sollten Sie den weiten Weg fahren. Ich komme schon alleine klar.«

Ja, kommen Sie!, dachte Kirsten. *Sehen Sie sich an, was sich hier abspielt, und decken Sie Leons Lügen auf.*

»… Okay, okay! Ich höre Sie. Natürlich, es sind Ihre Pferde. Sie haben jedes Recht, sie zu sehen.« Leon biss die Zähne zusammen. »Aber Sie haben im Moment so viele andere Dinge im Kopf und ich denke, ich komme hier schon klar.« Er brach das Gespräch ab und legte den Hörer auf. »Wie Sie wollen!«, brummte er.

Kirsten ließ sich nicht sehen; sie hörte nur, wie Leon durch die Küche ging, auf einmal jedoch stehen blieb. Eine kurze Pause, dann eilte er zurück zum Telefon, nahm den Hörer ab und wählte.

»Arnie? Hallo, hier ist Leon.«

Kirsten drückte sich gegen die Wand und beugte sich zur geöffneten Tür vor. Ganz bestimmt wollte Leon nicht, dass irgendjemand dieses Gespräch mitbekam.

»Ja. Willst du zuerst die schlechte Nachricht hören? Nun, unsere Madame hat sich noch nicht entschließen können, den Vertrag zu unterzeichnen. *Soll ich? Soll ich nicht?*« Er sprach mit hoher, affektierter Stimme, dann fuhr er in spöttischem Tonfall fort: »Du weißt, wie sie ist. Doch nun die gute Nachricht: Jetzt hat sie noch *viel, viel größere* Probleme!«

Kirsten runzelte die Stirn, als Leon den neusten Ärger seiner Chefin beschrieb und diesmal den Schaden am Fahrzeug und an den Pferden herunterspielte.

»Es hätte zu keinem besseren Zeitpunkt passieren können, wenn wir es geplant hätten!« Leon lachte. »Das wird sie noch mehr in die Enge treiben. Sie wird heute Nacht nicht schlafen können und morgen früh, wenn du kommst und mit einem hübschen dicken Scheck vor ihrer Nase herumwedelst, kannst du darauf wetten, dass sie den netten kleinen Vertrag unterschreiben wird.«

Ja, genau das hatte Kirsten vermutet. Leon steckte mit dem Schlachthofbesitzer unter einer Decke. Und es sollte noch schlimmer kommen.

»Möchtest du noch eine gute Nachricht hören?«, brüstete sich Leon. »Erinnerst du dich an die Schimmelstute, die ich dir eigentlich heute in aller Frühe bringen wollte? Ja, diejenige, die diese beiden Kinder retten wollten. Du wolltest sie Donna für einen Apfel und ein Ei abkaufen und sie glauben lassen, das Pferd ende als Schlachtplatte? Ja, genau die.«

In der darauf folgenden Pause überschlugen sich Kirstens Gedanken. Es klang danach, als hätten Leon und Arnie noch mehr Betrügereien ausgeheckt.

»Was ist mit diesem Käufer von der Rinderfarm unten in Neumexiko, den du aufgetan hattest?«

Kirsten kniff ihre Augen zusammen und versuchte sich auf Leons Worte einen Reim zu machen.

»Hat er noch Interesse? Ja? Du kannst einen guten Preis aushandeln und wir teilen uns den Gewinn?... Okay, ich bin dabei!«

Wie konnte das sein? Das war doch unmöglich. Lady war noch immer verschwunden.

Leon lachte über eine scheinbar verwirrte Antwort von Arnie Ash. »Hör zu. Ich war oben am Engelsfelsen. Man hatte uns gesagt, wir würden die beiden anderen frisch zugerittenen Pferde dort finden. Und tatsächlich, wir haben sie gefunden und in den Transporter geladen. Die blöden Kinder sind uns mal wieder in die Quere gekommen, doch die sind wir schnell losgeworden. Auf jeden Fall muss heute mein Glückstag sein! Wir sind den Weg hinuntergefahren, während Mondlicht und Strolch sich hinten aufführten wie wild. Dann fuhren wir um diese Kurve, durch ein Wäldchen und den Nordwindpass entlang. Und rate mal, wer uns über den Weg lief?«

»Lady!«, flüsterte Kirsten halblaut.

»Du hast es erfasst!«, sprach Leon mit schleppender Stimme. »Die Schimmelstute. Sie hat sich aufgebäumt und ist in vollem Galopp zurück in die Schlucht gelaufen. Sobald ich kann, fahre ich zurück, werfe ein Lasso über ihren hübschen Hals und bringe sie her!«

Während die Sonne unterging und ein blasser Halbmond am wolkenlosen Himmel aufstieg, hielt Kirsten sich im Hintergrund.

Sie war nach Leons hämischem Gespräch mit Arnie Ash aus dem Haus geschlichen, damit der Ranchverwalter nicht merkte, dass er belauscht worden war. Und sie hatte kein Wort davon erzählt, als Charlie und Sandy die beiden Pferde Mondlicht und Strolch in den Corral gebracht hatten. Glen Woodford hatte alles überwacht, TJ war etwas hinter ihnen zurückgeblieben. Kirsten hatte beobachtet, wie der Tierarzt eine antiseptische Salbe auf die verwundeten Knie und Gesichter der Pferde rieb, und sie erschauerte beim Anblick der noch immer blutenden Wunden.

Auch als Donna Rose auf der Ranch eintraf und aus ihrem Wagen stieg, schwieg Kirsten. Sie beobachtete alles, hörte zu und wartete auf ihre Gelegenheit.

»Oh Gott, es tut mir Leid!«, begrüßte Sandy die ältere Dame mit ehrlichem Mitgefühl. »In den letzten vierundzwanzig Stunden ist wirklich eine Menge schief gelaufen und Sie müssen sich fühlen, als hätte sich die ganze Welt gegen Sie verschworen!«

»So ähnlich.« Donna sah erschöpft aus. Sie ging zu Glen Woodford hinüber, der seine Tasche zusammenpackte, um zu seinem nächsten Patienten zu fahren.

»Sie können beruhigt aufatmen«, sagte er freundlich zu ihr. »Soweit ich sehen kann, haben die Pferde keine gebrochenen Knochen, sondern nur einen leichten Schock.«

Donna nickte und seufzte tief, ging zu Strolch und tätschelte seinen Hals.

»Ich habe den Pferden ein paar Spritzen gegeben: Tetanus und Antibiotikum. Aber was die beiden von nun an wirklich brauchen, ist eine Dosis Zuneigung!«

»Wie viel bin ich Ihnen schuldig?«

Glen schob die Frage beiseite. »Später.«

»Nein. Ich begleiche meine Schulden am liebsten sofort«, beharrte Donna.

»Also gut. Ich bitte meine Sprechstundenhilfe, Ihnen eine Rechnung zu schreiben. Inzwischen überprüfen Sie Ihren Versicherungsschutz. Sie werden wahrscheinlich feststellen, dass Sie versichert sind.« Glen zog den Reißverschluss seiner dunkelgrünen Jacke hoch und lächelte freundlich. Er gab erst Donna, dann Sandy die Hand, bevor er in seinen schwarzen Jeep stieg und sich noch einmal aus dem Fenster beugte. »He, und sorgen Sie dafür, dass Leon selbst den kaputten alten Transporter zurück nach Renegade fährt!«, warnte er. »Charlie und TJ haben es geschafft, ihn wieder aufzurichten, aber wenn jemand Kopf und Kragen riskieren soll, dann lassen Sie es Leon sein, nachdem er vorher so damit gerast ist.«

Donna gelang ein Lächeln. »Sie waren wirklich großartig, Glen. Herzlichen Dank.« Als der Tierarzt davonfuhr, überbrachte Donna ihrem Verwalter dessen Nachricht. Leon nickte mürrisch und begann in seinen Taschen nach dem Zündschlüssel zu suchen. Inzwischen war Donna auf den dunklen Hof gegangen, um Charlie und dann Sandy zu danken.

»Wir behalten Mondlicht und Strolch für ein paar Tage hier, bis ihre Wunden verheilt sind«, schlug Sandy vor. Sie bestand darauf, dass Donna, Leon und TJ auf einen Kaffee mit ins Haus kamen. Als Donna protestierte, setzte Sandy sich einfach über sie hinweg. »Nein, wirklich. Sie behalten John-Boy, Silberblitz und Yukon auf der Rose-Ranch. Das klappt problemlos, ganz bestimmt!«

»Aber ich schicke morgen früh Leon herüber, um den Transporter zurückzufahren, wenn das in Ordnung ist«, sagte Donna zu ihr. »Die Scheinwerfer des Wagens sind kaputt, deshalb kann er jetzt im Dunkeln nicht mehr damit fahren. Er und TJ fahren heute Abend mit mir nach Hause.«

Sie besprachen alles in Ruhe, während Sandy ihre Tochter bat, den dampfenden Kaffee einzuschenken.

Und noch immer wartete Kirsten und hörte zu. *Gut!*, dachte sie, als sie den Plan hörte. Das gab ihr ein paar Stunden Aufschub. Während sie den Kaffee in die Tassen goss, war sie mit ihren Gedanken und Gefühlen draußen bei Lady in den mondbeschienenen Bergen.

»Ich muss zugeben, ich bin völlig erledigt!«, seufzte Donna, starrte auf ihr Spiegelbild im dunklen Fenster und versuchte ihr Haar in Ordnung zu bringen, indem sie es hinter die Ohren strich.

»Es war ein anstrengender Tag«, murmelte Sandy. Dann fragte sie: »Hat sich etwas daran geändert, wie Sie über Arnie Ashs Angebot denken?«

»Ein bisschen schon«, gab Donna zu. »Ich muss Ihnen ehrlich sagen, Sandy, wenn ich den Stift in der Hand gehabt und der Vertrag vor mir auf dem Tisch gelegen hätte, als Leon anrief und mir von dem Unfall erzählte, hätte ich augenblicklich unterschrieben!«

Kirsten hielt die Kaffeekanne unbeweglich über Leons Becher. Sie bemerkte ein nervöses Flackern seiner Augen. Doch er klopfte mit dem Zeigefinger gleichgültig auf den Tisch, als spiele er Schlagzeug und nähme an dem Gespräch nicht teil.

»Aber?«, fragte Kirstens Mom weiter. »Wie fühlen Sie sich jetzt?«

»Besser«, seufzte Donna. »Nun sagt eine Hälfte in mir: ›Ja, unterschreib den Vertrag mit Arnie. Es ist vernünftiger, die Ranch zu verkaufen, statt weiterzukämpfen.‹ Und doch…«

»Ich weiß. Es sind so viele Erinnerungen mit dem Ort verbunden«, deutete Sandy die Pause.

»Don hat die Rose-Ranch geliebt«, sagte Donna nur. »Sie war sein Leben.«

Donna erhob sich vom Tisch und lief in Gedanken versunken zur Tür. Sandy ließ sie gehen und wandte sich an Leon und TJ, um mit ihnen das Abholen des Transporters am nächsten Morgen abzusprechen.

»Wenn wir dann noch eine Chefin haben!«, sagte TJ und wies verdrossen darauf hin, dass sich dann schon alles geändert haben konnte.

Leon sagte nichts, sondern trommelte mit den Fingern weiter auf den Tisch.

Kirsten sah Donna über die Veranda auf den Hof wandern. Der Mond schien hell, als sie langsam zum Corral hinüberging und Kirsten ihr folgte. Sie stellte sich neben die ältere Dame, die zu Mondlicht und Strolch blickte und dann zum Horizont und zur dunklen Adlerspitze.

»Erinnerungen!«, flüsterte Donna, als sie Kirsten neben sich bemerkte. Anscheinend hegte sie keinen Groll gegen Kirsten und Lisa wegen der Probleme, die sie ihr bereitet hatten. »In meinem Alter ist das alles, was einem geblieben ist!«

Einen Augenblick lang traute sich Kirsten nicht, den stillen Zauber zu brechen. Doch der Traum, den sie hegte, seitdem sie Leons Gespräch mit Arnie Ash belauscht hatte, brach aus ihr heraus. »Wenn …«, begann sie zaghaft, dann schwieg sie.

Donna lächelte ihr zu. »Wenn was?«

»Wenn ich Lady zurückbringe und das, was passiert ist, wieder gutmache … wenn ich alles wieder so einrichten könnte, wie es vorher war, würden Sie sich dann entscheiden, auf der Rose-Ranch zu bleiben?«

10

»Ihre Tochter ist wirklich ein reizendes Mädchen«, sagte Donna zu Sandy. Sie hatte ein wenig geweint und Kirsten geantwortet, es sei wirklich ein lieb gemeintes Angebot, aber eben keines, das sie in die Realität umsetzen könne. Das Pferd sei verschwunden und außerdem würde niemand mit Lady fertig. Nie im Leben könne jemand die Stute ohne Gewalt zurückbringen. Sie hatte geseufzt, Kirstens Hand gedrückt und war zurück ins Haus gegangen.

»Reizend?«, wiederholte Sandy und zog die Augenbrauen hoch, aber ihre Stimme klang erfreut und gleichzeitig überrascht. »Seit wann?«

Kirsten grinste verlegen, als sie die Kaffeetassen abräumte. Ihre Mom hatte Recht, »reizend« war sie ganz bestimmt NICHT!

Die zwei Frauen unterhielten sich prächtig. Donna gab mehr oder weniger zu, das anfängliche Problem mit Lady sei teilweise ihr Fehler gewesen; sie habe Leons Praktiken nicht genügend kontrolliert und ihm zu sehr die Leitung der Ranch überlassen. Zu Kirstens Überraschung schien es Donna nicht zu stören, dass Leon mithörte. Der Verwalter machte ein finsteres Gesicht, wagte es aber nicht, zu protestieren, als Donna zum ersten Mal deutlich erkennen ließ, wer hier der Boss war.

Es war Sandys Idee, dass Donna auf der Regenbogen-Ranch übernachten sollte. »Sie sind müde«, erinnerte sie

Donna. »Lassen Sie Leon und TJ mit Ihrem Auto zur Rose-Ranch zurückfahren und Jesse bei der Arbeit helfen. Die beiden kommen ja morgen früh zurück, um den Transporter abzuholen, und bis dahin sind Sie ausgeschlafen und alles sieht gleich wieder viel freundlicher aus.«

Leons Blick wurde noch finsterer, als Donna das Angebot dankbar annahm. »Arnie Ash will bis morgen früh eine Antwort«, erinnerte er seine Chefin.

»Ich rufe ihn von hier aus an.« Donna hatte ihre Entscheidung getroffen, über Nacht zu bleiben, und wartete, dass Leon ihre Anweisung befolgte.

Die getroffene Vereinbarung gab Kirsten den Freiraum, den sie brauchte, um alles ein für alle Mal wieder gutzumachen. Sie würde nicht versuchen, den Erwachsenen etwas zu erklären oder sie zu überzeugen; stattdessen würde sie *handeln*!

Zuerst jedoch musste sie warten, bis Leon und TJ abgefahren waren und Donna die Plauderei mit ihrer Mom beendet hatte und beide zu Bett gegangen waren. Kirsten musste gegen ihre eigene Erschöpfung ankämpfen, spritzte sich kaltes Wasser ins Gesicht und lehnte sich aus dem Fenster, um die frische Luft einzuatmen, nachdem sie Gute Nacht gesagt und auf ihr Zimmer gegangen war, wo das Bett in der Ecke so weich und einladend aussah.

Sie durchwühlte ihren Schrank und entschied sich für eine dicke Fleecejacke und eine Baseballkappe, die sie in der kalten Nacht wärmen sollten. Aber sie durfte ihr Zimmer nicht zu früh verlassen, sondern musste warten, bis ihre Mom und Donna schliefen. Die Minuten schlichen dahin, während sie auf die Uhr blickte; halb elf, Viertel vor elf, elf.

Als endlich alles still war im Haus, schlich Kirsten nach

unten, lief auf die Veranda, zog ihre Stiefel an und ging auf Zehenspitzen auf den Hof. Von dort warf sie einen Blick zurück auf die Schlafzimmerfenster.

Dieses Mal würde sie es riskieren, Sattel und Zaumzeug aus der Sattelkammer zu holen. Sie behielt das Nebenhaus im Auge, wo Hadley und Charlie bereits schliefen. So hoffte sie zumindest! Schwer atmend hob sie den Sattel von seiner Halterung und fragte sich, warum sie so viele Schichten Kleidung angezogen hatte. Ihr war viel zu warm. Wahrscheinlich lag es an ihrer Aufregung und daran, dass der Sattel so schwer war, wenn man ihn bis hinaus zur Rotfuchsweide tragen musste.

Als sie den Zaun erreichte, waren ihre Knie bereits ganz weich. Sie warf den Sattel ins Gras und rief leise Luckys Namen.

Bis jetzt lief ihr Plan wie geschmiert. Lucky kam erwartungsvoll näher, als er Kirstens Stimme hörte. Seine Mähne und sein Schweif wirkten im Mondlicht fast weiß, seine dunklen Augen glänzten. In Windeseile war er gesattelt und bereit für den Ausflug. »Moskitopfad!«, murmelte Kirsten, als sie ihren Fuß in den Steigbügel setzte und sich auf seinen Rücken schwang. »Wir reiten zum Nordwindpass und zur Goldgräberschlucht. Komm schon, Lucky, los geht's!«

Kirsten war überzeugt davon, dass sie und Lucky die Schimmelstute am Ende ihres Rittes im Mondschein finden würden. Sie kannte Pferde in- und auswendig und wusste, wie sie sich verhielten. Lady würde ihrem Herdeninstinkt folgen und sich noch in dem Gebiet aufhalten, wo sie zuletzt ihre Kameraden Strolch und Mondlicht gesehen hatte. Das bedeutete, Kirsten musste mit ihrer

Suche in der Goldgräberschlucht beginnen und sich zum Engelsfelsen hocharbeiten. Dort, unter den Bäumen oder im tiefen, dunklen Schatten der Felsen, würde Lady warten.

Aber was würde sie tun, wie reagieren, wenn sie Kirsten und Lucky erblickte? Würde sie Kirsten als das Mädchen wieder erkennen, dem sie vertraut hatte und das sie von Leons Stricken und Decken befreit hatte? Oder hatten ihre Erfahrungen auf der Rose-Ranch ihren Charakter verdorben und sie gegen alle Menschen aufgebracht? Während sie Lucky in den schmalen Eingang zur Goldgräberschlucht lenkte, erkannte Kirsten, dass sie die Antwort auf diese wichtige Frage keineswegs voraussagen konnte.

Nach ein paar Schritten in der tiefen, dunklen Schlucht zügelte Kirsten ihr Pferd und lauschte. Auch wenn sie ihn nicht sehen konnte, so vernahm sie doch das Rauschen des Wasserfalls am anderen Ende der Schlucht, hörte den Ruf der Eulen und das bellende Heulen eines Kojoten in der Ferne. Kirsten sah zum Himmel hinauf und wartete, dass die dünnen, gespenstischen Wolken sich auflösten und das volle Licht des Mondes in die Schlucht schien. Lucky bewegte sich und scharrte mit den Hufen über den steinigen Untergrund. Er drehte den Kopf und wartete auf den nächsten Befehl.

»Also gut, sie ist nicht hier!«, entschied Kirsten. »Lass es uns weiter oben versuchen!«

Sie ritt denselben Weg zurück und durchquerte die Kojotenenge, als Lucky mit einem Mal zögerte und nach rechts zum Nordwindpass blickte.

Der Mond kam heraus und ließ in seinem silbrigen Licht jeden Grashalm erkennen und jede winzige blaue

Akelei, die in den Ritzen zwischen den Felsen wuchs. Kirsten legte ihren Kopf in den Nacken und blickte den Hang hinauf.

Das entlaufene Pferd sah zu ihr herab, seine Beine und sein Körper waren in Schatten getaucht, aber sein Hals und sein Kopf leuchteten weiß im Mondlicht, seine Augen glänzten wie kleine, dunkle Seen.

Die Spätsommersonne ging am Freitagmorgen vor sechs Uhr auf und tauchte die Berge in golden-rosafarbenes Licht, während der Rest des Tages kalt und grau dalag.

Es war der Tag der Entscheidung für Donna Rose.

»Du bist früh auf«, sagte Donna zu Kirsten, als sie herunterkam, um Kaffee aufzusetzen. Sorgenfalten hatten sich in ihr Gesicht gegraben, unter ihren Augen lagen Schatten.

»Sie auch.« Kirsten beherrschte sich, ihr Geheimnis vorschnell preiszugeben.

»Ja, ich habe nicht gut geschlafen.« Donna vergaß den Kaffee und wandte sich zur Küchentür. »Ein wundervoller Tag!«

»Ich nehme an, Sie haben versucht, eine Entscheidung über die Ranch zu treffen«, ging Kirsten das Thema behutsam an.

Donna blickte sich um. »Ich habe mich hundertmal umentschieden. Es gibt fünfzig Gründe zu bleiben und fünfzig Gründe zu verkaufen.«

»Und wie wäre es, wenn ich Ihnen den einundfünfzigsten Grund zum Bleiben nennen würde?« Nun musste sie es sagen, bevor Sandy, Hadley und Charlie wach waren und bevor Donna die Möglichkeit hatte, Arnie Ash anzurufen und sein Angebot anzunehmen!

»Du bist wirklich reizend …« Ein trauriges Lächeln erschien auf Donnas Gesicht; sie schüttelte den Kopf.

Jetzt! Obwohl Kirstens Nerven angespannt waren, obwohl sie sich immer noch nicht sicher sein konnte, wie die Geschichte enden würde. Alles hing von Lady ab.

»Kommen Sie mit nach draußen und sehen Sie selbst!«, flüsterte sie.

Nur widerwillig hatte Donna zugestimmt mitzuspielen, als könne sie ihre große Entscheidung aufschieben, indem sie Kirsten ihren Willen ließ und mit ihr kam. »Ihr Kinder habt so viel Energie!«, hatte sie geseufzt und war ihr in den Corral gefolgt, wo ein Eichelhäherpaar im staubigen Boden pickte.

Bei ihrem Näherkommen waren die Vögel laut kreischend aufgeflattert.

Kirsten hatte Donna im Corral zurückgelassen und war durch die schwere Kieferntür in den Stall geschlüpft. Nun atmete sie den feuchten, muffigen Geruch von Heu und schlafenden Tieren aus der vergangenen Nacht ein, lief an den Unterkünften der drei jungen Fohlen vorbei und ging in die Box, in der Lady den Großteil der Nacht verbracht hatte.

Die Schimmelstute war bereits wach und lauschte misstrauisch den Schritten, die sich ihrer Box näherten. Sicher, sie hatte Kirsten und Lucky vor ein paar Stunden in den Bergen getroffen und entschieden, dass sie Freunde waren, keine Feinde. Und sie hatte auf Kirstens schmeichelnde Worte reagiert und war ruhig mit ihnen gegangen. Süßes Heu und die Aussicht auf eine saubere, weiche Schlafgelegenheit hatten sie in den Stall gelockt. Aber wie würde es im kalten Morgenlicht sein?

»Hallo!«, sagte Kirsten sanft. Sie blieb in der Tür stehen, vermied jeglichen Augenkontakt und wartete auf Ladys Entscheidung.

Das Pferd sah sie unverwandt an. *Bist du gekommen, um mich zu holen? Bringst du mich an einen Ort, an dem es Stricke und Decken gibt? Willst du mich zähmen und mir wehtun, wie die anderen Menschen vor dir?*

»Ja, ich weiß, du bist unsicher«, flüsterte Kirsten und blieb weiter in der Tür stehen. »Und ich nehme es dir nicht übel.«

Lady sah Kirsten noch immer starr an, während sie den Kopf neigte. Sie leckte sich über ihre Lippen und knirschte mit den Zähnen. *Vielleicht, vielleicht... ein kleiner Schritt... vielleicht!* Langsam ging sie auf Kirsten zu.

Ja! Kirsten durchfuhr ein Gefühl des Triumphes. Dies war das dritte magische Mal, dass die Stute sie akzeptierte. Das erste Mal auf der Rose-Ranch, dann letzte Nacht in den Bergen und nun wieder! Aber sie tat nichts, was Lady beunruhigen könnte; stattdessen ging sie vorsichtig rückwärts aus der Box und beobachtete, wie das Pferd ihr folgte. Als Lady sich ihr näherte, streckte sie die Hand aus und streichelte sie sanft zwischen den Augen. »Kommst du mit und zeigst Donna, was für ein prachtvolles Pferd du wirklich bist?«, flüsterte sie.

Lady neigte ihren Kopf und folgte ihr weiter, vorbei an den Boxen mit den Fohlen, den dunklen Gang hinunter zu dem rechteckigen Stück Tageslicht und der offenen Tür. Kein Halfterstrick war nötig, nichts. Allein das Vertrauen zwischen dem Mädchen und dem Pferd machte dies möglich.

»Oh, mein Gott!« Donna Rose sah die beiden in den ersten Strahlen der Morgensonne durch die Tür in den

Corral treten. Kirstens blondes Haar fiel in Strähnen über ihr gebräuntes Gesicht, ihr weißes T-Shirt hing locker über den abgetragenen Jeans. Die Schimmelstute überragte sie, doch sie folgte jeder ihrer Bewegungen.

Und jetzt? Würde sie es wagen? Kirsten ging auf den Sattel zu, den sie sorgfältig über den Zaun gehängt hatte. Würde Lady sich das Leder auflegen lassen? In ihrem Kopf blitzte die Erinnerung an Leons, Jesses und TJs einmaligen brutalen Versuch auf, die Stute zu satteln. Wenn Kirsten es nun versuchte, würde Lady buckeln und treten und wild werden wie damals?

Vorsichtig, immer noch ohne Strick oder Halfter, hob sie den Sattel hoch und legte ihn auf Ladys Rücken. Die Ohren des Pferdes zuckten argwöhnisch hin und her; Lady blies durch ihre Nüstern. Angespannte Muskeln in Kiefer und Hals zeigten, wie das Blut pulsierte, doch sie stand ganz still, als Kirsten sich vorbeugte, um den Sattelgurt anzuziehen.

»Mein Gott, wer hätte das geglaubt!«, hauchte Donna, die am Zaun stand.

»Ich zum Beispiel. Wenn du mich gefragt hättest, dann hätte ich dir gesagt, dass dieses Mädchen es schafft!«, bemerkte leise eine Stimme.

Kirsten sah auf und erblickte Hadley. Er lehnte am Zaun, einen Fuß auf der untersten Latte, die Hände bequem auf der obersten. Der Cowboy musste das Schreien der Eichelhäher gehört haben und aus seiner Unterkunft gekommen sein, um nachzusehen, warum die Vögel solch einen Lärm machten. Kirsten ließ ein schwaches, verlegenes Grinsen sehen.

»Sie kann mit Pferden umgehen«, sagte er zu Donna.

»Das ist Magie!« Donna schüttelte ungläubig den Kopf,

als Kirsten nun das Zaumzeug vom Zaunpfahl nahm und es sanft über Ladys Ohren streifte. Das Pferd akzeptierte die kalte Trense mit einem leichten Heben seines Kopfes.

»Nein, keine Magie. Wir nennen es sanftes Zähmen«, murmelte Hadley und beobachtete die Szene gespannt, bereit, Kirsten zurechtzuweisen, falls sie einen Fehler machte. »Die Stute benimmt sich tadellos, siehst du; sie ist ein gutes Pferd.«

»Ganz ruhig!«, flüsterte Kirsten, vergaß ihr Publikum und legte die Zügel über Ladys Kopf. »Wir werden unseren Spaß haben, einverstanden?« Sie musste nun den Sattel nachgurten und versuchen, einen Fuß in den Steigbügel zu setzen.

Das Pferd spürte das Festziehen der Gurte und Kirstens Gewicht im Steigbügel. Nervös machte es ein paar Schritte zur Seite.

»Ho!« Kirsten wartete einen Moment, dann schwang sie ihr anderes Bein über den Rücken der Stute. Diese Bewegung – das langsame Schwingen ihres Beines, das Verlagern ihres Gewichtes in den Sattel – schien ewig zu dauern. Die Sonne funkelte auf den silbernen Trensenringen, ein plötzlicher Windstoß wehte das silbern schimmernde Haar von Ladys weißer Mähne hoch.

Einen Moment später, nachdem das Pferd so leicht seine Muskeln hätte anspannen, seine Kraft zusammennehmen und wild buckelnd und tretend durch den Corral hätte stürmen können, drehte es seinen Kopf, um Kirsten anzublicken. Alles war neu und ungewohnt für Lady, aber ihr Blick zeigte, es machte ihr nichts aus. *Also gut, lass uns Spaß haben*, verriet der Ausdruck ihrer Augen.

»Nicht die Spur eines Bedauerns?«, erkundigte sich Sandy bei Donna.

Der Geruch von gebratenem Schinken, Eiern, Pfannkuchen und Kaffee durchzog die Küche. Ständig kamen und gingen Menschen.

Leon Franks war von der Rose-Ranch herübergekommen und Donna hatte das wichtige Gespräch mit Arnie Ash hinter sich gebracht.

»Nein, kein bisschen!«, antwortete sie und lächelte Kirsten zu, die gerade in einen Blaubeerpfannkuchen biss, der fast in Ahornsirup ertrank.

»Ganz sicher?«, fragte Sandy noch einmal, während sie ein warmes Frühstück vor Hadley und Charlie hinstellte.

Sie hatte Matt auf den neusten Stand der Dinge bringen müssen, als er aus Denver zurückgekommen war, und ihm von dem Erfolg seiner Schwester mit Lady erzählt.

»Ich bedauere nur, nicht früher auf Hadley gehört zu haben!«, verriet Donna.

Hadley senkte den Kopf, grummelte irgendetwas vor sich hin und wandte sich wieder seinem Essen zu.

»Ich war so ein Dummkopf, Leon zu vertrauen!«, fuhr Donna fort. Die Wahrheit über Leons Verbindung zu dem Schlachthofbesitzer war herausgekommen, als sie ihn im Corral der Scotts zur Rede gestellt hatte. Mit dem Rücken zur Wand hatte er zugeben müssen, dass Arnie Ashs Angebot um mehrere tausend Dollar niedriger lag, als die Rose-Ranch eigentlich wert war. Und als Donna daraufhin Leon erklärt hatte, er sei nicht länger ihr Verwalter, hatte er die Entscheidung wortlos akzeptiert.

»Was hat Arnie Ash gesagt, als Sie sein Angebot abgelehnt haben?«, fragte Kirsten mit vollem Mund. Mensch, war sie hungrig! Und müde und überglücklich! Donna behielt ihre Ranch und Lady, und Hadley hatte den Auftrag, einen neuen Verwalter für sie zu suchen. »Den *Zweit*besten in Colorado, denk dran!«... »Nun, wer ist dann der Beste?«, hatte Kirsten dazwischengefragt. »Na, Hadley natürlich! Aber ich kann ihn euch ja nicht stehlen, deshalb muss er mir den Zweitbesten suchen!« Donna hatte in dem ganzen Trubel Kirstens Frage nach dem Schlachthofbesitzer gar nicht gehört. »Was hat Arnie gesagt?«, fragte Kirsten noch einmal.

»Er meinte, ich sei verrückt«, berichtete Donna mit einem breiten Lächeln. »Ich habe ihm gesagt, dass ich dann lieber verrückt sein möchte, danke! Ich will in die Zukunft schauen, nicht in die Vergangenheit, und an dem Ort leben, den ich liebe!«

»Ich auch!«, stimmte Kirsten zu. Sie würde schnell ihre Pfannkuchen aufessen und dann Lisa am Zedernwald-Campingplatz anrufen. »He, Mom, habe ich noch Hausarrest?«, fragte sie, als sie zum Telefon rannte.

»Ich glaube nicht!« Sandy wollte gerade das Haus verlassen, um den morgendlichen Ausritt zu organisieren.

»... Hallo, Lisa!«, sagte Kirsten und freute sich über die Überraschungsschreie ihrer Freundin am Telefon. Durch das Fenster konnte sie Hadley, Matt und Charlie sehen, die im Corral die Pferde der Regenbogen-Ranch sattelten. Weiter hinten graste Donna Roses Apfelschimmel friedlich auf der Rotfuchsweide. »Wie geht es deiner Schulter? Willst du versuchen, auf Lady zu reiten, bevor Donna sie zurück auf die Rose-Ranch bringt? ... Ja, ganz ehrlich! Frag einfach deinen Großvater und komm her!«

Lucy Daniels

Dieser Border Collie ist der beste und treueste Freund, den Kinder sich wünschen können.

Band 1
Die Ankunft
ISBN 3-570-12452-5

Band 2
Die Herausforderung
ISBN 3-570-12453-3

Kinderbücher ab 10 Jahre
Aus dem Englischen
von Christoph Arndt
Mit Illustrationen
von Michael Bramman

Weitere Titel in Vorbereitung

Band 3
Die Flucht
ISBN 3-570-12454-1

C. BERTELSMANN
Kinderbücher